Ralf Kramp

Ein Viertelpfund Mord

Vom Autor bisher erschienene Bücher bei KBV:

»Tief unterm Laub«
»Spinner«
»Rabenschwarz«
»Der neunte Tod«
»Still und starr«
»... denn sterben muss David!«
»Kurz vor Schluss«
»Malerische Morde«
»Abendgrauen« (Hg.)
»Abendgrauen II« (Hg.)
»Wenn Goldfinger rauskommt«
»Hart an der Grenze«
»Ein kaltes Haus«
»Drei geheimnisvolle Schlüssel«

Ralf Kramp, geboren 1963 in Euskirchen, lebt und arbeitet als Karikaturist, Krimiautor und Veranstalter von Krimi-Erlebniswochenenden in der Eifel. Für sein Krimi-Debüt »Tief unterm Laub« erhielt er 1996 den Eifel-Literatur-Förderpreis. Seither erschienen neun weitere Bücher bei KBV, unter anderem der historische Kriminalroman »... denn sterben muss David!« (2001), seine Kurzkrimi-Sammlung »Kurz vor Schluss« (2001) und die Reihe um den kauzigen Helden Herbie Feldmann.
Außerdem ist er zusammen mit Manfred Lang Herausgeber der umfangreichen Eifel-Schauergeschichtensammlungen »Abendgrauen« (1999) und »Abendgrauen II« (2001).
Im Jahr 2002 erhielt er den Kulturpreis des Kreises Euskirchen.

Ralf Kramp

Ein Viertelpfund Mord

KBV KRIMI

1. Auflage November 2003
2. Auflage Mai 2005

Telefon: 0 65 93 - 99 86 68
Fax: 0 65 93 - 99 87 01
www.kbv-verlag.de
E-Mail: info@kbv-verlag.de
Umschlagillustration: Ralf Kramp
Redaktion, Satz: Volker Maria Neumann, Köln
Druck: Grenz-Echo AG, Eupen
www.grenzecho.be
Printed in Belgium
ISBN 3-937001-38-7

Für Schorsch,
der eigentlich gar nicht liest.

Inhalt

Die Metzgerin

Sie steht in ihrem Kachelreich,
gerahmt von Wurst und Schinken,
sagt freundlich »Ich bedien' Sie gleich«
und bohrt in frisches Hammelfleisch
der Gabel spitze Zinken.

Fragt man sie einfühlsam und sacht
nach ihrem Erbonkel, dem ollen,
der ihr ein Sümmchen Geld vermacht,
dann hört man, wie sie leise lacht
und murmelt: »Ist verschollen.«

Die Schnitzel rosig und ganz zart,
die Sülze bunt und prächtig,
Landjägerwürstchen klein und hart,
prachtvoller Speck mit dicker Schwart'
und Leberkäs' sehr mächtig.

Fragt man sie einmal ungeniert
nach ihrer Tante Dorothee,
von der die Erbschaft sie kassiert,
dann sieht man, wie sie vor sich stiert
und schließlich murmelt »Übersee«.

Sie spickt den Braten, dreht den Wolf,
bohrt Spieße durch das Schaschlik,
bricht Knochen und sägt Koteletts auf,
beizt Keule, Brust und Hinterlauf
und würfelt glasiges Aspik.

Und fragt man sie dann irgendwann
Ganz ohne Bausch und Bogen
nach Anton, ihrem Ehemann,
der just die Lotterie gewann,
dann sagt sie »Unbekannt verzogen«.

Cup H

Es gibt in unserem Beruf nicht sehr viele Gelegenheiten, bei denen man wirklich die Wahl hat.

Ich will nicht jammern. Die Weihnachtssaison ist eigentlich nicht übel. Die Kassen klingeln nie süßer. Da bekommt auch unsereins ein wenig von der Wärme des Herzens ab. Auf dem Umweg über die Registrierkasse natürlich.

Manchmal wird man dann leichtsinnig. Und manchmal muss man schließlich teuer dafür bezahlen.

Ich hatte die Wahl zwischen dem *Blaster-Sound-HiFi-Megastore* und der *Boutique Bijou* – beides Wand an Wand, in bester Lage, mitten in der Fußgängerzone, mit erfreulich schlecht beleuchteten Hintereingängen vom rückwärtig gelegenen Parkplatz.

Sie finden, das ist gar keine richtige Wahl? Sie mögen Recht haben. Vom merkantilen Standpunkt aus gesehen hätte es nichts Vernünftigeres geben können, als linkerhand in dieses technische Schlaraffenland einzusteigen, sich mit der gebotenen Sorgfalt über die Kasse voller Weihnachtsgeld herzumachen und sich auf dem Heimweg, gewissermaßen im Vorübergehen, eine neues Heimkino unter den Arm zu klemmen.

Ich bitte Sie jedoch eines zu bedenken: Einzelhändler mit ausgeprägtem technischen Verständnis pflegen für solcherlei unvorhergesehene Besuche allerlei Spielereien zu ersinnen. Kameras, Lichtschranken, Alarmglocken. All diese Dinge lauern in einem solchen Laden nur auf Leute wie uns. Diese Tüftler basteln und schrauben an ihren technischen Vorsorgeapparaturen oftmals mit solchem Feuereifer, dass manch einer von ihnen richtiggehend froh wäre, wenn endlich einmal jemand in die bereitgestellte Falle tappen würde.

Außerdem schneite es. Und wenn man in der kalten Winternacht unschlüssig zwischen zwei möglichen Arbeitsstätten zu wählen hat, da erscheinen einem die kalten, chromglänzenden DVD-Gehäuse und die mattschwarzen HiFi-Apparaturen mit einem Mal so frostig und unnahbar.

Und in der rotsamtenen Auslage der *Boutique Bijou* gleich nebenan, da schmiegen sich zarte, halbtransparente Stretch-Bodies an wohlgeformte Frauenkörper, da spannen sich raffinierte Spitzenbustiers über Brüste von geradezu idealen Ausmaßen. Künstliche Körper und künstliche Brüste natürlich – dennoch fiel mir in dieser Nacht die Wahl nicht schwer. Auch in der Kasse der *Boutique Bijou* würde so mancher größere Geldschein aus so manchem Herrenportemonnaie gelandet sein. Und ein Mitbringsel für irgendeine künftige Eroberung fände sich schließlich auch noch. Sogar zwei, drei. Je raffinierter die Spitze, desto mehr passte in die Tasche. All dies waren meine Gedanken, als ich mich mit bescheidenem, aber effektivem Werkzeug daran machte, die Tür vom rückwärtig gelegenen Parkplatz zu öffnen.

Sie mögen das für Standesdünkel halten, aber es gibt tatsächlich Schlösser, die einen derart unterfordern, dass einen geradezu die Wut packen möchte. Diese Tür, die die schwüle Traumwelt der Miederboutique von der klirrend kalten Winternacht trennte, hatte ein solches Schloss. Ich kenne einen Kollegen, der mir einmal im Brustton der Entrüstung erzählte, er habe, als er an eine solche Spielerei von einem Schloss geraten war, den Laden erst gar nicht betreten und als stumme Anklage die Tür weit offen stehen lassen. Zu solcher Größe konnte ich mich angesichts der mir entgegenschlagenden parfümierten, warmen Luft nicht aufschwingen.

Ich blickte mich ein letztes Mal auf dem Parkplatz um und trat in das Dunkel hinter der Tür.

Es roch nach einem schweren Parfüm und auch ein wenig nach nassen Mänteln. Als ich am Nachmittag einen Erkundungsgang durch die vorweihnachtliche Fußgängerzone angetreten hatte, war das Geschäft voller Leute gewesen.

Für gewöhnlich trage ich eine kleine Taschenlampe bei mir, deren Lichtschein durch eine rote Folie gedämpft wird. Ihr warmes Licht sollte mich davor bewahren, herumzustolpern und Unheil anzurichten. Mein Ehrgeiz war es von jeher gewesen, bei meinem Besuch nicht übermäßig viel zu zerstören.

Der helle Teppichboden zu meinen Füßen war fleckig. Wahrscheinlich lag er ansonsten außerhalb des Blickfelds der Besucher dieser Räumlichkeiten. Der rötliche Schein meiner Lampe wanderte höher und rückte nun das ins rechte Licht, was Tag für Tag hier die Blicke anzog. Eine dunkelhäutige Schönheit lächelte mich mit strahlend weißen Zähnen an. Sie war etwa so groß wie ich und hielt mit ihrem hochgereckten, angewinkelten linken Arm das schwarze, lockige Haar auf dem Hinterkopf zusammengerafft. Sie hatte unglaublich schlanke Beine, die in glänzenden, kaffeebraunen Hüften mündeten, und eine Taille, die man womöglich mit zwei Händen umfasst bekam. Ihr Busen war beeindruckend, ohne sich allzu sehr in den Vordergrund zu spielen. Ich flüsterte: »Hallo, meine Schöne«, ohne eine Antwort abzuwarten. Sie war aus Pappe. Über ihren herrlichen Rundungen spannte sich ein blassblauer Spitzenbody, der nur am unteren Ende dicht genug gewirkt war, um einen Durchblick unmöglich zu machen. Als ich meine Hand ausstreckte, um meine Bekanntschaft wenigstens einmal sanft zu berühren, streifte mein Ellenbogen einen Ständer voller Büstenhalter. Einer von ihnen, ein Exemplar größeren Ausmaßes, schaukelte sanft im Dunkel der Nacht, und für einen Augenblick gab ich mich der Illusion hin, er schaukele am ausgestreckten Zeigefinger einer verführerischen Schönheit, die sich seiner gerade erst entledigt habe. Ich richtete meine Lampe unwillkürlich dahin, wo ich sie vermutete. Tatsächlich war dort ein weiblicher Körper. Er hatte mir allerdings den Rücken zugekehrt und machte Werbung für Strumpfhosen. Schwarzes Gewebe, ein verführerischer Hauch nur, zart wie eine zweite Haut über zwei herrlichen Pobacken.

Fast hätte ich vergessen, warum ich eigentlich hier war. Fast wären meine Gedanken in eine höllische Falle geraten, hätten sich an der Erinnerung an meine letzte Nacht mit einer Frau festgebissen und hätten mir endlos und immer wieder bewusst gemacht, dass all das viel zu lange her war, dass ich hier, am Ort der Polystyrolbrüste und Glasfiberschenkel falsch war, dass ich heute Nacht das Gefühl von weichem, weiblichem Fleisch unter meinen Fingern zu spüren bekommen musste.

Ich riss mich zusammen, machte ein paar entschlossene Schritte nach vorne, ließ auf der Suche nach Theke und Registrierkasse den Lichtstrahl über lächelnde Gesichter tanzen, über nicht enden wollende Beine, über Tangas und Strapse – und mit einem Mal war mir, als sei ich nicht allein.

Ich weiß schon, was Sie sagen wollen. Sie glauben, das virtuelle Vorhandensein eines halben Dutzends sparsam verhüllter Traumfrauen habe mir die Sinne verwirrt. Ein Männertraum im Wachzustand. Eine Halluzination von zu nächtlichem Leben erwachter, liebeshungriger Modelle mit gierigen Fingern und lüsternen Blicken, die sich in diesem Moment leise schnurrend und voller Lust anschlichen ...

Und doch hörte ich tatsächlich ein Geräusch. Es kam aus dem Dunkel hinter mir und trieb augenblicklich einen eisigen Pflock der Kälte in die plüschige Gemütlichkeit, die mich umfing.

Ich spürte einen Luftzug ganz dicht hinter mir, und dann zerbarst etwas an meinem Hinterkopf, warf mich mit aller Wucht nach vorne, und ich sah noch im tanzenden Rot meiner Taschenlampe den fleckigen Boden auf mich zu rasen, bevor ich die Besinnung verlor.

Zuerst war da diese Frauenstimme, rauchig, flüsternd. So leise flüsternd, dass in meinem Dämmerzustand sofort wieder diese Fantasie entfacht wurde. Die schwarzhaarige Schönheit, der Duft frischer Kokosmilch, zwei Hände, die nach den meinen greifen, sich um die Gelenke legen und sie langsam zu ihren Brüsten führen ...

Was redete sie? Was sagte sie mir eigentlich?

Es war ein monotoner Singsang, ächzend, durchaus rauchig, wie gesagt, aber jetzt hörte ich etwas heraus, das sich wie ein leises Schimpfen anhörte. Ich öffnete langsam die Augen. Das linke Auge schmerzte, war irgendwie verklebt, zugeschwollen. Ich musste mich bei meinem Sturz verletzt haben. Warum war ich überhaupt gestürzt? In dem Moment, in dem ich begann, mich an die Sekunden vor meiner Bewusstlosigkeit zu erinnern, breitete sich augenblicklich ein brennender Schmerz über meinen Hinterkopf aus. Mein Hemd klebte mir am Rücken. Unter den schwülen Duft des Dessousladens, in dem ich mich noch immer befand, hatte sich der metallische Geruch von Blut gemischt.

Dann sah ich, was wirklich geschah.

Sie hielt in der Tat meine Handgelenke umklammert. Allerdings war sie weder im Begriff, meine Hände in irgendeiner Form auf eine besonders appetitliche Stelle ihres Körpers zu pressen noch sie in anderer Form zu liebkosen oder zu massieren. Sie war damit beschäftigt, unter stetigem Zischeln und Geflüster etwas um meine Gelenke zu schlingen, das ich, je mehr ich meine Augen öffnen konnte, als das erkannte, was man einen Tanzgürtel nennt. Ein violettes, spitzenbesetztes Etwas, von dem die Knopfbänder für die Strümpfe herabbaumelten und das sich mir tief ins Fleisch grub.

Irgendetwas steckte in meinem Mund und etwas anderes spannte über meinen Wangen. Als ich den Kopf bewegte, konnte ich schemenhaft weitere Strapsbänder unterhalb von meiner Nase baumeln sehen. Ein Knebel aus feinster, cremefarbener Spitze hinderte mich daran, in dem Moment loszuschreien, in dem sich mein Gesichtskreis erweiterte und sich aus dem Nebel meiner Umnachtung die Gestalt meiner geheimnisvollen Schönheit herausschälte.

Der Duft, der mir in die Nase stieg, war alles andere als der von karibischer Kokosmilch. Es war Schweiß. Herber, süßsaurer Schweißgeruch, der aus dicht behaarten Achseln drang.

Sie war groß, mächtig und unglaublich fett. Selbst als sie vor mir kniete und unter Ächzen und Schnaufen die Spaghettiträger eines Bikinis um meine Fußgelenke schnürte, sah sie im Halbdunkel aus wie ein Berg. Ich sah ihre teigigen, zitternden Arme, die aus ihrer Kittelschürze hervorwuchsen, ihren feisten Nacken, sah das dunkle Haar, das sie zum Knoten gebunden hatte und von dem sie sich immer wieder die eine oder andere fettige Strähne aus dem Gesicht strich.

Im Hintergrund lag der Schrubber, ganz offensichtlich die Waffe, mit der sie mich außer Gefecht gesetzt hatte.

Als sie die Schlinge um meine Füße zuzog, durchzuckte mich ein Schmerz, und mir entfuhr, gedämpft durch meinen Knebel, ein leiser Schrei.

Sie blickte auf.

Dicht unter der knolligen, kleinen Nase, direkt über der Oberlippe kräuselte sich der Flaum des beeindruckendsten Damenbartes, den ich je gesehen hatte. Am Kinn erkannte ich kleine Borsten. Ich stöhnte erneut auf. Dieses Mal allerdings nicht vor Schmerz. Ihr Mund verzog sich augenblicklich zu einem Grinsen, das auf vielerlei Arten gedeutet werden konnte.

Eine Putzfrau hatte mir meinen Bruch versaut. Wenn das die Runde machte, hätte ich für die nächsten paar Jahre unter den Kollegen den Vogel abgeschossen.

Die Putzfrau erhob sich. Ich hörte Gelenke knacken, ich sah, wie sich ihre gewaltige Silhouette aufrichtete und fast völlig das kleine, mattgraue Rechteck des hinter ihr liegenden Schaufensters verdeckte. Sie stemmte die Hände in die Seiten und seufzte schwer.

Sie sagte: »Arschkarte jezogen, wa?« Und dann kicherte sie. Eine rheinische Frohnatur.

Ich machte den Versuch, mit ein bisschen Zappelei und mit ein paar melodiös aneinander gereihten Vokalen darum zu betteln mich loszubinden, oder mir wenigstens den Knebel aus dem Mund zu nehmen. Ich bin nicht klaustrophobisch veranlagt, aber zusammengeschnürt wie eine Kohlroulade fühle ich mich unwohl. Dazu kam ein Gedanke, der plötzlich irgendwo in meinem Hinterkopf Gestalt annahm: Wenn sie jetzt stolperte und nach vorne fiele, dann ...

Der Knebel, nur den Knebel raus, und ich könnte meine Überredungskünste einsetzen. Ich kann das gut. Frauen mögen es, wenn ich erzähle.

»Armes Würstchen«, sagte die Walküre und ich sah eine Reihe gelber Zähne in der Höhe über mir. Das von unten hinauf scheinende, rötliche Licht meiner am Boden liegenden Taschenlampe gab ihr etwas Höllisches. »Dat haste dir so jedacht, wa?«

Bind mich los, lass mich reden und atmen!

»Strapsejeil, wa? Biste so 'n Perverser? Ziehste so wat selber an oder wat haste hier jewollt?« Und sie hob sehr langsam einen ihrer Füße, die in – das glaubt mir alles sowieso kein Mensch! – die in dunkelbraunen Socken und Birkenstocklatschen steckten. Der Fuß kreiste für einen Moment über meinen Füßen, wanderte hoch, bis sie ihn über meinem Unterkörper positioniert hatte, und dann senkte er sich langsam, bis er schließlich auf meinem besten Stück ruhte.

»Un?« Sie verstärkte den Druck. »Tut sich da wat? Macht dich dat alles an hier?«

Da tut sich überhaupt nichts! Da ist etwas klein und verängstigt und versucht sich zu verkriechen!

Ich spürte, wie mir buchstäblich der kalte Angstschweiß auf die Stirn trat. Was war, wenn sie jetzt ihr Gewicht verlagerte ... nur ein bisschen mehr nach vorne ...

»Ooooh, ist der kleine Piephahn müde?« Sie verschränkte die Arme und schüttelte mit gespieltem Bedauern den Kopf. Aus meinem Blickwinkel sah sie aus wie der Golem, wie das Monster des Dr. Frankenstein, wie ein überlebensgroßes

Michelinmännchen ... nein -weibchen. Nur noch viel, viel fetter.

Als sie den Fuß mit einem Ruck wegnahm, entspannte sich mein Körper.

Sie bummelte scheinbar ziellos umher, bis sie schließlich neben der kaffeebraunen Papp-Latina zu stehen kam, die mich vorhin noch so beeindruckt hatte. Abschätzig ließ sie den Blick von oben nach unten an ihren Kurven entlanggleiten. Schließlich packte sie sie und trug sie zu mir herüber. Sie hielt sie locker mit einer Hand fest, und ich erkannte, dass ihre Fingerkuppen auf beiden Seiten der Taille der braunen Schönheit hervorguckten.

»Dat isset, wat dich anmacht? Biste deswejen hier?«, fragte der Berg patzig. »Nä, nä, nä, Liebelein. Da isset ja kein Wunder, dat de keinen hochkriegst. Dat is doch en Fliejenjewicht. Dat is doch en Handtuch. Nix dran, kein Arsch, kein Busen. Nur Haut un Knochen. Wat du brauchs, is wat anderes, glaub et mir, Kerlchen.« Und sie presste die ausgestreckte Hand einfach zusammen, dass der Schönen mit leisem Knistern die Hüfte zerschrumpelte, bis ihr Oberkörper nach vorn klappte und zu Boden segelte. Ich sah noch ihr Lächeln, das ungebrochen strahlte, bis sie mit dem Gesicht nach unten auf dem fleckigen Teppichboden lag.

Den Unterleib warf die Wuchtbrumme hinter sich. Er schwebte zu den Bademoden und blieb schief auf einem Metallständer mit Tangas liegen.

»Die liebe Tante zeicht dir jetz mal, wie so wat wirklich aussehen muss. Pass emal auf.«

Es war, als sei ich in einen Albtraum von Russ Meyer geraten. Das alles hier war doch inszeniert! Vielleicht war es ein mieser Scherz, den sich meine Kollegen mit mir erlaubten.

Dieses Monstrum konnte doch unmöglich echt sein. Keine Frage, wenn ich noch ein paar Minuten tapfer aushielte, würde jemand hervorspringen und »Überraschung« rufen und würde sie wieder wegsperren, zurück in irgendein Versuchslabor, von dem man sie ausgeliehen hatte.

Aber das Grauen hatte gerade erst begonnen.

Neue Panik befiel mich, als ich mit meinen Blicken der spielerischen Bewegung ihrer Finger folgte, die sich an den Knöpfen ihrer Kittelschürze zu schaffen machten. Sie setzte dabei einen genießerischen Blick auf und summte leise etwas vor sich hin, das irgendwie nach Dieter Bohlen klang.

Der erste Knopf schlüpfte erleichtert aus dem Loch und der Stoff entspannte sich.

Der zweite.

Der dritte.

Allmächtiger, hilf mir!

Der vierte. Eine bedrohlich tiefe Hautfalte im entstehenden Keil zwischen den beiden Kittelnähten kündigte Unglaubliches an.

Der fünfte Knopf. Sie summte lauter. Ihr Kopf schwang mittlerweile rhythmisch hin und her, und sie wankte im Takt ihrer Melodie von einem Fuß auf den anderen. Dann drehte sie sich einmal um die eigene Achse und stand unvermittelt wieder breitbeinig vor mir, steigerte die Melodie zu einem imaginären Trommelwirbel und riss mit in den fetten Nacken geworfenem Kopf die Kittelschürze auseinander, sodass die Knöpfe nur so durch die Gegend prasselten.

Ich schloss gepeinigt die Augen. Wenn mich bis jetzt noch das Unfassbare in seinen Bann gezogen und mich, wie es einem mitunter bei einem grauenhaften Unfall geht, daran gehindert hatte wegzuschauen, war es jetzt genug.

Ich hörte nur noch ihr Schnaufen. Und obwohl ich die Augen fest zusammenkniff, sah ich vor mir das Bild ihres weißen, aufgeblähten, unglaublichen Körpers, der in einem Mieder steckte, das die Farbe von Karamellpudding hatte. Ihre Brüste wurden nur mühsam im Zaum gehalten und drohten jeden Augenblick über den Stoff des Mieders hinauszuschwappen. An den Oberschenkeln sah es aus, als quelle der Hefeteig aus der Schüssel.

»Augen auf!«, schrie sie, und als ich augenblicklich schockiert Folge leistete, sah ich wieder ihren Fuß, den sie drohend erhoben hatte und der auf mein Zentrum zusteuerte. »Ich bin noch net fertich!«

Ich wimmerte, riss die Augen weit auf, um zu zeigen, dass ich ein folgsamer Junge und sie eine Augenweide war, dass ich den Blick nicht von ihr abwenden konnte.

Wieder senkte sich der Fuß auf meine Hose und ein mitleidiges Lächeln machte sich breit. »Hab ich dich erschreckt?« Sie fischte mit einer schwungvollen Handbewegung ein paar fliederfarbene Strapse von einem Ständer, dass die Kleiderbügel nur so tanzten. »Aber eijentlisch isset ja auch dat hier, wat dich so anmacht, ne?«

Ich nickte mechanisch und ahnte in diesem unheilvollen Augenblick nicht, was ich damit auslöste. Sie grinste geradezu mädchenhaft, zwinkerte mir zu und hauchte: »Aber nur für disch, Liebchen. Weil du mir so jut jefälls und weil du so schön still zugucks.«

Sie legte die Strapse auf der nahen Verkaufstheke ab und kehrte mir den Rücken zu. Als sie den Dutt, der sich halbwegs aufgelöst hatte, erneut zusammenzurrte, winkelte sie die Arme weit vom Körper ab und ihre Achselhaare kräuselten sich im nächtlichen Halbdunkel. Dann beugte sie den Kopf nach vorne und mir stockte der Atem, als ich mit ansehen musste, dass sie offensichtlich im Begriff war, die winzigen Knöpfchen ihres Mieders zu öffnen.

Ein Mieder hält etwas zusammen. Dafür wird es genäht und gekauft. Und was hier darunter hervorquoll, wollte ich nicht sehen. In meinem Kopf wirbelten Gedankenfetzen durcheinander. Was konnte ich tun? Wie konnte meine Rettung aussehen? Hatte ich überhaupt noch eine Chance?

Sie ächzte und grunzte und ich ahnte, dass es ihr mit ihren fleischigen Fingern schwer fallen musste, die kleinen Knöpfe zu greifen.

Meine Blicke schossen wild durch den Raum. Kleiderständer ragten kühl in die Höhe. Im spärlichen Licht verschmolzen die Stofffetzen zu einer bizarren Masse undefinierbarer Farbe. Schaufensterpuppen lächelten mit entrückter Miene ins Nichts. Diesen kühlen Schönheiten war mein Schicksal völlig gleich, von ihnen war keine Hilfe zu erwarten. Draußen hatte es wieder zu schneien begonnen. Kein Mensch trieb sich in der Nacht auf der Straße herum. Alles lag friedlich schlummernd in den Betten. Niemand würde mich hören, solange dieser Knebel in meinem Mund steckte. Das Unheil war nicht aufzuhalten.

Das Mieder flatterte zu Boden. Ich zwang mich, die Augen offen zu halten, bevor sie mir etwas antun würde. Sie blinzelte schelmisch über die Schulter zu mir herüber. Während ihre Rechte nach den Strapsen fingerte, war die Linke auf der vorderen Seite ihres Körpers damit beschäftigt, irgendetwas festzuhalten.

Ich starrte wie gebannt auf ihren Hintern. Sie verstehen vielleicht, dass es Dinge gibt, wo jedes beschreibende Wort und jede Metapher versagt.

Dann legte sie den dünnen Riemen Stoff um ihren Körper, das heißt: Sie machte den verzweifelten Versuch dies zu tun. Es sah aus, als versuche jemand ein Einmachgummi über einen Fesselballon zu stülpen. Sie drückte und quetschte. Sie zurrte und zerrte und bei jedem Handgriff wand sich ihr Körper hin und her wie eine Qualle. Sie sprang von einem Fuß auf den anderen, dass der Boden leise bebte, und langsam aber sicher wuchs in ihr die Wut, das konnte ich sehen. Ich sah auch die Schweißtropfen, die durch die Luft tanzten, ich sah ihre Hüften, in denen das Fett wogte, ich sah Haare an allen Stellen, an denen ich sie nie, nie, niemals sehen wollte.

Auch ich begann mich zu winden, da ich Angst hatte. Pure, höllische Angst vor dem, was kommen sollte. Ich zuckte hin und her, die elastischen Fesseln um meine Gelenke gaben nach und zogen sich unerbittlich wieder zusammen. Ich schrie lautlos in mich hinein und spürte, wie Übelkeit in mir aufstieg. Gleich würde ich mich übergeben müssen. Es konnte nicht mehr lange dauern. Ich würde elend ersticken.

Die Strapse schossen plötzlich, von der Elastizität des Gummis beflügelt, durch die Luft, meine Peinigerin torkelte herum, ruderte mit den Armen, stand breitbeinig und bis auf die wollenen Strümpfe ohne den kleinsten Fetzen Stoff am Leib vor mir und präsentierte sich in all ihrer unfassbaren Nacktheit. Sie sollten nicht versuchen, sich das auszumalen.

Als ich spürte, wie es mir hochkam, schloss ich die Augen, winkelte die Beine an und stieß mit aller Kraft, die ich aufzubieten imstande war, mit den Füßen zu. Es passierte das Unglaubliche: Ich verfehlte den Fleischkloß, traf aber stattdessen einen Kleiderständer, der mitsamt seinen Spitzenhöschen und den Kleiderbügeln unter rasselndem und klimperndem Lärm umstürzte und einen weiteren, kleineren Ständer mitriss. Dieser stieß gegen eine langbeinige Blondine aus Glasfiber nahe der Eingangstür, die ihrerseits einen weißhäutigen Rotschopf von geradezu knabenhafter Gestalt in weinroten French-Knickers gegen die Schaufensterscheibe torpedierte, die in tausend Teile zerbarst und mit ohrenbetäubendem Geschepper in die Nacht hinaussplitterte.

Die Putzfrau stieß einen bestialischen Schrei aus.

Dies war mein Ende.

Manchmal träume ich davon. Manchmal sehe ich, wie sie sich auf mich wirft. Ich erkenne alles, bis ins kleinste Detail. Eine Momentaufnahme des Grauens.

Ich sitze jetzt schon seit drei Monaten. Nicht wegen des Einbruchs. Man hat mich wegen versuchter Vergewaltigung angeklagt. In meinem Beruf werde ich nie mehr tätig sein können. Man kennt mich. Die Bilder in der Zeitung haben Bände gesprochen. Ich bin ein Perverser. Mit so was wollen die anderen nichts mehr zu tun haben. Meine Prellungen und Brüche heilen langsam wieder. Ich habe seither nie mehr eine Erektion gehabt.

Gestern war Besuchszeit. Raten Sie bitte, wer mir gegenüber saß, von mir nur getrennt durch eine viel zu dünne Scheibe und ein lächerliches bisschen Gitter. Ich glaube, sie hat sich extra für mich den Bart abrasiert. So genau habe ich gar nicht hingesehen. Nur einmal, da konnte ich den Blick einfach nicht abwenden. Da nestelte sie plötzlich an ihrer Bluse herum, machte, nachdem sie sich versichert hatte, dass außer mir niemand zusah, zwei Knöpfe auf und ließ etwas mintfarbenes durchschimmern, das aus feiner Spitze gewirkt war.

Ich habe Angst davor hier rauszukommen, und ich denke, ich werde mir demnächst das Leben nehmen. Vermutlich werde ich mich in meiner Zelle erhängen. Aber womit?

Etwas aus Spitze wäre schön.

Auf den Zahn gefühlt

Dieser primitive Kerl. Soll er nur kommen. Das ist doch alles nur ein Vorwand. Soll er nur kommen!«

Der Regen prasselte gegen die nachtschwarzen Scheiben der Praxisfenster. Doktor Leyboldt zog an einer Schnur und der Lamellenvorhang schob sich leise flüsternd vor das Fenster des Behandlungszimmers. Er hasste es, wenn man von draußen hereinschauen konnte. Ein Blick zur Uhr, die halb vom Schrank verdeckt an der Wand hing, so dass die Patienten von ihrem Anblick nicht zur Unruhe verführt wurden. Mitternacht durch.

Er war hellwach. Angespannt bis aufs Äußerste. Drei Tassen Kaffee seit dem Anruf vor einer halben Stunde.

Was wollte dieser Mensch? Zahnschmerzen ... Notdienst ... das war doch nur ein Vorwand. Ein Trick, um ihn allein zu erwischen, um ihn hier und jetzt zur Rede zu stellen.

Doktor Leyboldt hatte ihn nur ein einziges Mal gesehen. Ein drahtiger, nicht besonders groß gewachsener Typ. Muskulös, dichtes Haar. Frauentyp. Sie waren sich auf dem Neujahrsempfang des Bürgermeisters begegnet. Ein flüchtiger Blickkontakt genügte und sie wussten beide, mit wem sie es da zu tun hatten.

Der Blick des Doktors wich dem Spiegelbild über dem Handwaschbecken aus.

Etliche Jahre jünger als er selbst, braun gebrannt. Der konnte doch alle möglichen Frauen haben. Wieso ausgerechnet Jeanette? Was brachte diesen Kerl nur dazu, sich derart in eine solche Sache zu verrennen? Sie war wohl kaum die Erste in seinem Leben. Und mit Sicherheit war sie auch nicht die Letzte.

Der Doktor fuhr mit zitternden Fingern über das Polster des Behandlungsstuhls.

Jeanette war sein Leben. Sie war sein Halt und seine Stütze. In der Praxis und auch sonst. Sie führten ein ruhiges, arbeitsames Leben ohne große Aufregungen, und in ein paar Jahren schon, da würden sie endlich die Früchte dieser Arbeit ernten. Wenn er erst die Sechzig erreicht hatte, würden sie in ihr Haus an der Küste ziehen. Vielleicht auch in den Süden. Jeanette schwärmte von Italien. Würden die Villa hier verkaufen, hätten ihre Ruhe. Dann hätte diese elende Plackerei endlich ein Ende.

Vor einem knappen Jahr war sie vor ihn getreten, hatte begonnen zu weinen wie ein kleines Kind, hatte sich an ihn geschmiegt, ihre kleinen, zarten Hände in seinem weißen Kittel verkrampft und hatte ihm von der Sache mit Nowak erzählt.

Getränke-Nowak. Der Limokönig. Ein windiger Geschäftsmann in zwielichtiger Gesellschaft.

»Passiert ist passiert«, hatte der Doktor gesagt und hätte vor Schmerz laut aufschreien mögen. »Passiert« war es nur ein paar Mal, aber der Nowak wollte immer mehr, wollte es immer öfter, wollte Jeanette plötzlich ganz für sich haben. All das hatte sie ihm unter Tränen gebeichtet. Nowak hatte ihr gedroht. Der Mann war wirklich krank. Doktor Leyboldt wäre gerne zur Polizei gegangen, aber Jeanette hatte das nicht gewollt. Sie sagte, er sei brutal.

Was erhoffte sich dieser halbseidene Gigolo? Warum kam er mitten in der Nacht in die Praxis?

Als Doktor Leyboldt das Besteck hervorholte, versuchte er verzweifelt, das Zittern der Hände unter Kontrolle zu bekommen. Diese Konfrontation musste zu einer Klärung führen. Jeanette musste in Zukunft unbehelligt von diesem Unmenschen weiterleben können. Er würde seine Frau verteidigen. Und insgeheim, so ging es dem Doktor durch den Kopf, insgeheim erhoffte er sich, dass er in ihrer Achtung steigen würde, wenn er etwas tat. Wenn er ihr ihren Seelenfrieden wiederschenkte. Was immer sie auch damals in Nowaks Arme getrieben hatte, er würde es Lügen strafen. Sie sollte sehen, was sie an ihm hatte. Sie hatten ein paar Mal herumgesponnen, was zu tun wäre. Und sie hatte ihn ungläubig angeschaut, als er ihr versicherte, wie ernst es ihm sei.

Er beugte sich vor, um erneut nach der Uhr zu sehen. Wo blieb Nowak?

Jeanette lag im ersten Stock in tiefem Schlummer. Sie ahnte nichts von Nowaks Besuch. Er hatte sich mit den Abrechnungen beschäftigt, als der Notruf kam, hatte noch einmal nach ihr gesehen, bevor er in die Praxis geschlichen war. Ihr Atem ging in ruhigen, gleichmäßigen Zügen.

In der Praxis herrschte bleierne Stille, die nur dann und wann vom entfernten Rauschen der Zentralheizung unterbrochen wurde.

Alles war bereit. Das Besteck glänzte kalt im Lichtschein der Behandlungsleuchte. Der Behandlungsstuhl sah geradezu einladend aus. Die Spritze war gefüllt. Mehr als ausreichend. Er konnte es sich nicht erlauben ein Risiko einzugehen.

* * *

»Dieser Scheißtyp, Mann, Mann, dieser verdammte Scheißtyp«, fluchte Nowak vor sich hin, während er den Fußweg vom Parkplatz bis zu der alten Gründerzeitvilla entlangstapfte, in deren Erdgeschoss die Praxis untergebracht war. Er wich den Pfützen aus und hatte den Kragen hochgeschlagen.

Er dachte an Jeanette. Er durfte bei dem, was jetzt kommen würde, nur an Jeanette denken, sonst war im Nu die Luft raus. All diese Bienchen vor ihr – das war nur Spielerei gewesen. Das hatte ihm all die Jahre gefallen, aber das waren ja nur Affären gewesen, von Null auf Hundert in zehn Sekunden, und dann irgendwann ein paar Tage später in die Zielgerade. Kurz danach ein neues Rennen mit einem neuen Gefährt.

Aber dieses Ding mit Jeanette, das hatte ihn irgendwie auf dem falschen Fuß erwischt, das war was völlig Neues. Sie ging ihm einfach nicht mehr aus dem Kopf.

Er schloss die Hand um das Springmesser in seiner Jackentasche, als er das kleine Metalltor aufschob. Es quietschte leise. In den Praxisfenstern sah er gedämpftes Licht. Da irgendwo war der Scheißtyp und wartete auf ihn. Unter dem kleinen Vordach kam er ins Trockene. Er blickte noch einen kurzen Augenblick zurück in den Regen, der in wilden Böen um die Straßenlaternen wirbelte, und drückte dann auf den Klingelknopf.

»Jetzt kommt's drauf an, Doktor«, murmelte er und biss sich auf die Unterlippe. »Jetzt kommt's drauf an.«

Es dauerte nicht lange, bis die Tür geöffnet wurde. Ein leises Summen war zu hören und unter dem Druck seiner Rechten schwang sie auf. Im Flur ging automatisch das Licht an. Der Geruch der Zahnarztpraxis umfing ihn augenblicklich. Süßlich, chemisch, steril. Nowak überlegte, welche Tür er nun zu öffnen hatte. Musste er ins Wartezimmer? Oder zuerst zur Anmeldung?

Die Tür zum Behandlungszimmer wurde geöffnet und ein Mann im weißen Kittel erschien im Rahmen.

»Herr Nowak?«

Sie begegneten sich heute zum zweiten Mal. Das erste Mal war es beim Neujahrsempfang gewesen. Er hatte Jeanettes Blick dabei gesehen. Dieser Blick sagte alles. »Hol mich hier weg«, hatte er ihr gesagt. »Hol mich von diesem Scheißtypen weg.«

»Ich habe Zahnschmerzen«, log Nowak und ging langsam auf den Doktor zu. Das Licht der Flurlampe spiegelte sich in seinen Brillengläsern. Die Augen waren nicht zu erkennen.

»Wir werden sehen«, sagte Doktor Leyboldt und machte einen Schritt zur Seite.

Als Nowak in das Behandlungszimmer eintrat, spürte er den Blick des Doktors in seinem Rücken. Er verfluchte sich in diesem Augenblick dafür, dass er überhaupt hierher gekommen war. Er lieferte sich diesem Verrückten ja geradezu aus. Warum war er nicht einfach mit Jeanette abgehauen? In den Süden. Sie sprach oft von Italien.

Als er im Behandlungsstuhl Platz nahm, verstärkte sich dieses Gefühl. Zwei Männer. Ein Duell. Was heute Nacht hier geschah, würde niemand sehen oder hören. Wenn er wirklich so war, wie sie ihn beschrieben hatte, dann konnte alles Mögliche passieren.

Jeanette! Er musste an Jeanette denken, wenn er jetzt nicht aufspringen und hinausrennen wollte. Er dachte an ihre schluchzende Stimme, als sie ihn vor einer Stunde angerufen hatte. Er dachte daran, dass sie regelrecht mit den Worten gekämpft hatte, dass ein Weinkrampf nach dem anderen sie geschüttelt hatte. Sie hatte nach Hilfe geschrien, also musste er nun endlich zur Tat schreiten. In all den Monaten ihrer Beziehung hatte sie immer wieder erzählt, wozu ihr Mann fähig war. Was tat ihr dieser Mensch bloß an?

»Welcher ist es?«

»Unten rechts, der Backenzahn.«

»Der hintere?«

»Hmmm.«

Er ließ keine Bewegung des Arztes unbeobachtet. Kein Handgriff durfte geschehen, ohne dass er ihn sehen konnte. Warum hatte er das nur getan? Warum war er nur auf Jeanettes Vorschlag eingegangen?

Zahnschmerzen ...

Notdienst ...

»Wir machen zuerst einmal eine Betäubung«, sagte der Arzt. Er flüsterte es fast.

Die Spritze!

Die Schweißperlen auf der Stirn des Arztes.

Der weiße Mundschutz, hinter dem der Atem des Doktors vor Aufregung immer heftiger wurde.

Der weit geöffnete Mund, der sich in den Brillengläsern spiegelte.

Wann hatte er zuletzt das Messer benutzt? Eine halbe Ewigkeit her.

»Es geht um Jeanette«, flüsterte der Arzt hinter seinem Mundschutz.

Als ihr Name fiel, war das, als sei ein Bann gebrochen.

In dem Moment, in dem sich die Spritze in das Zahnfleisch bohrte, riss Nowak das Messer hoch und rammte es in den Körper, der sich über ihn beugte.

Er sah, wie Doktor Leyboldt die Augen weit aufriss, hörte sein ersticktes Röcheln. Er spürte, wie warmes Blut über seine rechte Hand schoss.

Dann merkte er, wie sich eine eigenartige Taubheit in Sekundenschnelle über seinen ganzen Mund ausbreitete, seine Zunge lähmte. Er wollte Jeanettes Namen schreien.

»Jeanette!« Es war statt seiner der Doktor, der schmerzgepeinigt ihren Namen ausspuckte, bevor er sich ein letztes Mal aufbäumte und schließlich schwer über ihm zusammensackte.

Als er seinen Arm unter dem leblosen Körper herausziehen wollte, hatte er bereits jegliche Kontrolle über ihn verloren. Seine Beine waren längst nicht mehr zu spüren. Die Starre kämpfte sich in wenigen Augenblicken durch seinen Körper und hinderte ihn an jeder Bewegung. Es dauerte nur Sekunden, bis sie schließlich sein Herz erreichte und dessen Leben spendende Bewegung mitleidlos anhielt.

* * *

»Diese Idioten. Wirklich eine Lachnummer. Diese verdammten Idioten«, war das, was Jeanette dachte, als sie kurze Zeit später das von der Behandlungsleuchte illuminierte Standbild der beiden ineinander verschlungenen Männer betrachtete. Sie ging geradewegs belustigt um die beiden herum und betrachtete sie aus allen möglichen Blickwinkeln.

Dieses nächtliche Treffen hätte auf viele verschiedene Arten ausgehen können. Eine wäre ebenso gut gewesen wie die andere. Jede hätte für diese beiden Männer in die Katastrophe geführt. Und für sie in eine unbeschwerte, sorgenfreie Zukunft.

Sie musste jetzt die Polizei anrufen und gleich danach Paolo. Er hatte nicht geglaubt, dass ihr das gelingen würde. Sie würde ihm noch einiges über sich erzählen müssen. Paolo war Sizilianer. Er würde sie verstehen.

Dichter Nebel

Beim Eintreten beschlugen mir die Brillengläser. Zwinkernd nahm ich das zwielichtige Gewirr um mich herum nur in Schemen wahr, während ich meine Brille wischte. Sie riefen meinen Namen. Ich hörte Hannes heraus und nahm einen winkenden Arm wahr.

»Blind wie ein Maulwurf, der Herr Direktor, wenn er sein Nasenfahrrad nicht aufhat!«, rief Hannes.

Aus der Musikbox dudelte der neueste Karnevalshit und irgendwo in einer Ecke sang ein Trüppchen Frauen munter und schrill mit.

Als ich die Brille wieder aufsetzte, wurde der Arm von Hannes deutlicher. Und auch Hannes selbst. Seine Wangen glühten. Er schwenkte ein Bierglas und lachte dröhnend. Mit der Linken deutete er in die dunklere Ecke der Kneipe, in die Richtung der Toiletten.

»Der Nebel ist heute wieder ganz schön dicht!«, rief er und wandte sich mit einem Ruck zurück zur Theke und zu Inge dahinter. »Noch 'ne Runde!«, grölte er und trank sein Glas in einem Zug leer.

»Der Nebel ist dicht.«

Nicht, dass es mich gewundert hätte. Eigentlich trank er immer zu viel. Als ich ihn sah, wie er im Halbdunkel dasaß, unter der Vitrine mit den Fußballpokalen, über ein halb leeres Pilsglas gebeugt, umrahmt von ein paar leeren Schnapsgläschen, da war mir klar, dass Nebel schon eine ganze Weile hier sitzen musste. Er war viel früher am Treffpunkt erschienen, als wir vereinbart hatten. Das konnte alles Mögliche bedeuten.

Nebel war ein dürrer, hohlwangiger Mittvierziger mit fast vollständiger Glatze. »Dicht« war er oft genug. Wenn er nicht »dicht« war, war er »trüb« und häufig konnte man ihn auch als »undurchdringlich« bezeichnen. Aber das taten eigentlich nur die, die ihn nicht so gut kannten, wie wir im Dorf, und die glaubten, hinter dieser rissigen Fassade müsse ein feinsinniger, interessanter Mensch stecken. Das war nicht so. Nebel war ein Spatzenhirn erster Güte, der an keiner Arbeitsstelle länger als einen Monat geblieben war, aber »Dichter Nebel« hatte ihm so gut gefallen, dass er irgendwann sogar seinen Beruf daraus abgeleitet hatte. Er hatte begonnen, holprige Zeilen zurechtzuschustern, und zwei oder drei seiner »Gedichte« hatte sogar die hiesige Lokalzeitung abgedruckt. Was nichts bedeutete. Seither war er »Dichter Nebel« und ganz so wie ein veritabler Dichter lebte er in einer schäbigen Mansardenwohnung und aß kaum etwas außer Hefeteilchen vom Vortag und Ravioli aus der Dose.

Nebel strahlte mich an. Dies schien ein Tag zum Strahlen zu sein. Alle anderen taten es auch. Hatte ich vielleicht auch endlich einen Grund dazu?

Während ich mir einen Stuhl zurechtrückte, sah ich, wie Nebel im Schatten seines Bierglases den dürren Daumen seiner Rechten nach oben streckte. Er begleitete das Ganze mit einem pferdeähnlichen Grinsen und nickte vorsichtig. Das sah ganz so aus, als habe er seine Aufgabe zu meiner Zufriedenheit erledigt. Ich spürte, wie meine Aufregung wuchs, und wickelte mich aus Schal und Mantel. Dann hockte ich mich zu ihm. Man könnte meinen, es gebe geeignetere Orte für ein konspiratives Treffen als ausgerechnet die Dorfkneipe, aber ich versichere Ihnen, dass dies genau der richtige Ort für derlei Zusammenkünfte war. Wo immer man uns beide auch sonst zusammen hätte reden sehen, hätten wir Aufsehen erregt. Der Fabrikbesitzer und der arme Trottel. Was hatten die miteinander zu tuscheln? Aber hier hockte alles umeinander, ohne dass jemand über Gebühr Notiz davon nahm. Und in dem Gelärme konnten wir reden, ohne dass jemand uns belauschen würde.

Stumm deutete Nebel auf eines seiner Schnapsgläser und ich orderte bei Inge Nachschub. Als das erledigt war, nickte er wieder grinsend und formte mit seinen dünnen Lippen, die kaum imstande waren, sein riesiges Gebiss zu bedecken, die Worte: »Ich hab's getan!«

Wir tranken und dann sahen wir uns eine Weile an. Über sein hageres Gesicht hatte sich eine Miene des Triumphs gelegt. Schließlich faltete er bedächtig die Hände und begann stockend zu erzählen.

»Auf der Staumauer, genau wie Sie gesagt haben. Ich habe ganz schön gefroren, bis sie kam. Bitterlich gefroren. An den Händen und den Ohren.« Ein Grinsen huschte über sein Gesicht und er kramte einen kleinen, zerfledderten Notizblock hervor, um den soeben unabsichtlich gezimmerten Reim rasch vor dem Vergessen zu bewahren.

»Lass das!«, knurrte ich. »Erzähl weiter.«

Er blickte verschwörerisch nach rechts und links und fuhr fort: »Sie lehnte am Geländer und guckte hinab. Der Schnee ist nur so um sie herumgetobt. Sah fast so aus, als hätte sie's am liebsten selbst getan. War ganz leicht. Zwei, drei Schritte ...« Zwei seiner dünnen Finger vollführten ein paar staksige Schritte über den Kneipentisch. »... und schwups!« Ein Schnapsglas kippte um. »So ein leichtes Persönchen. Husch, über das Gestänge und Hui hinunter.« Sein Blick ging in die Ferne. »Ich hab sie unter der Brust gepackt. War ganz warm da. Ich hoffe, das ist okay?«

Ich nickte. »Schon okay, schon okay. Ganz egal, wo du sie angepackt hast. Weiter! Hat sie geschrien?«

»Kaum«, sagte er beiläufig und knibbelte an einem Bierdeckel herum. »Noch bevor sie richtig schreien konnte, hat's unten schon Platsch gemacht, und dann war sie im eisigen Wasser. Da wird es schnell vorbei gewesen sein, schätze ich mal. Hoffe ich auch.«

Die Anspannung wich aus meinem Körper und ich lehnte mich auf meinem Stuhl zurück. So einfach konnte es gehen. Selbst der allergrößte Trottel konnte zu etwas nütze sein, wenn man ihn richtig anpackte. Mit Menschen kenne ich mich aus. Für mich arbeiten hundertzweiundsiebzig Mann. Ab Montag würde auch Nebel für mich arbeiten. So einen konnte man mit durchschleppen. Das hatte er sich verdient. Schließlich hatte er mir meine Frau vom Halse geschafft. Und er schien das mit einer Eiseskälte erledigt zu haben, die man ihm kaum zugetraut hätte.

»Lokalrunde!«, rief Inge und schepperte mit der Messingglocke. Vor der Theke ließ man den Gönner Hannes hochleben. Ihm schien es heute Abend mächtig gut zu gehen.

Nebel nahm hocherfreut ein neues Bier entgegen und auch ich leerte mein Glas in einem Zug. Hier drin war es warm. Mir ging es gut. Meine Frau lag in einem kühlen Grab, vermutlich bereits viele hundert Meter den Fluss hinunter.

»Das mit der neuen Wohnung geht klar?«, fragte Nebel. Es klang nicht so, als zweifele er an der Ernsthaftigkeit meines Versprechens.

Ich würde ihn nicht enttäuschen. »Drei Zimmer, Küche, Diele, Bad. Ab dem nächsten Ersten.«

Wir prosteten uns zu. »Küche, Diele, Bad – wohl dem, der es hat«, sagte er grienend und kramte wieder nach seinem Notizblock. Dabei stieß er auf etwas, das in den Tiefen seiner dünnen Jacke verborgen war. »Ach«, sagte er und zuckte viel sagend mit den Augenbrauen. Dann winkte er mich mit einer Bewegung seines Kopfes näher heran. »Das hat sie verloren, als ich sie gepackt hab. Fast hätte ich's im Schnee nicht mehr wiedergefunden.« Ich zuckte zusammen, als ich plötzlich spürte, wie seine Spinnenfinger mir unter dem Tisch etwas in die Hand drückten. Als ich mich wieder zurückgelehnt hatte und mir so beiläufig wie möglich einen Blick darauf erlaubte, stutzte ich. Es war ein kleines Silberkettchen, an dem ein Amulett baumelte.

Gut, dass Nebel es gefunden hat, dachte ich. Dann schoss mir etwas anderes durch den Kopf: Selbst wenn es im Schnee versunken und erst später wiedergefunden worden wäre, was hätte das schon ausgemacht? Ich überlegte auch, dass die bedauernswerte »Selbstmörderin« das kleine Schmuckstück durchaus von selbst hätte verlieren können. Und als ich mich daran machte, das kleine Medaillon zu öffnen, dachte ich schließlich: Aber eigentlich gehört das Ding gar nicht meiner Frau.

Ich guckte hinein. Ganz vorsichtig und ganz heimlich, so dass es keiner sehen konnte. Im Inneren entdeckte ich ein daumennagelgroßes Schwarzweißfoto eines Hochzeitspaares. Die Gesichter waren so winzig, dass man sie kaum erkennen konnte. Die Heirat musste mindestens dreißig Jahre her sein – so wie meine. Die Kirche im Hintergrund konnte möglicherweise dieselbe sein, in der meine Frau und ich damals geheiratet hatten, aber es war nicht daran zu rütteln: Das war nicht ich, das war nicht meine Frau und das war auch nicht ihr Schmuckstück!

Ich blickte Nebel ernst an. »Wo zum Teufel hast du das her?«, fragte ich so beherrscht und so leise wie möglich.

»Sie hat's verloren. Sag ich doch.«

»Wer?«

»Na, Sie machen mir Spaß. Sie wissen schon wer.«

»Bist du sicher, Nebel? Bist du sicher?«

»Sie war da. Zu der Zeit, zu der sie immer da rumspaziert. Sogar ein paar Minuten früher.«

Ich beugte mich so weit es ging zu ihm hinüber. »Hast du ihr Gesicht gesehen, Nebel? Mann Gottes, hast du ihr Gesicht gesehen?«

»Es hat geschneit«, sagte er weinerlich, ohne eine Ahnung zu haben, worauf ich hinauswollte. »Sie war vermummt. Ein Schal, eine Mütze ...«

Und dann verstummte er, weil er in diesem Moment begriff, was geschehen war. Stumm sahen wir uns einige Minuten lang an, bevor er schließlich murmelte: »Ach, du Scheiße.«

In diesem Augenblick kam Hannes auf uns zugestolpert. Er balancierte mit bewundernswerter Souveränität ein Tablett Bier und beugte sich, so dezent er das mit seinem Alkoholpegel zustande brachte, zu mir hinunter. »Herr Direktor, da ist ... Ihre Frau am Telefon. Und sei'n sie nich böse, aber sie klingt verdammt sauer und fragt, wie lange sie jetzt schon ...« Er drehte sich zur Seite, um ausgiebig zu rülpsen. »... wie lange sie schon hier sind.« Dann sauste seine Pranke schwer auf meine Schulter.

Auf der anderen Seite des Tisches formten Nebels Lippen tonlose Silben. Das Bier, das Hannes ihm hinstellte, schob er wie in Trance zur Seite. Ich konnte förmlich sehen, wie in seinem Kopf all das Geschehene noch einmal ablief. Mir rauschte es in den Ohren, als ich mich ächzend erhob, um an das Telefon zu gehen.

Alles war beim Alten. Nichts hatte sich geändert. Das Schicksal hatte mir lediglich einen winzigen Ausblick in den Garten Eden gewährt.

Hannes griff nach meinem Arm und drückte mir ein Glas Bier in die Hand. »Erst das, Direktor. Auf Ex. Und dann das Telefon.« Und dann fügte er mit verschmitzter Miene hinzu: »Und dann hauen sie mal ordentlich auf den Putz. Das hilft. Hab ich auch gemacht. War längst fällig. Und – Zack! – weg ist sie. Abgehauen, wie vom Erdboden verschluckt. Geht in den Schnee hinaus und kommt nicht wieder. Endlich, nach zweiunddreißig Jahren Hölle, Herr Direktor. Wenn das kein Grund zum Feiern ist. Prost!«

Abbruch einer

Geschäftsbeziehung

Sie hätte nicht in diese Straße kommen dürfen. Nein, das hätte sie nie und nimmer tun dürfen.

Als er ihren kleinen, roten Toyota auf der anderen Straßenseite entdeckte, packte ihn eine frostige Hand beim Nacken. Er stand für Minuten starr am Küchenfenster und beobachtete, wie sie die Innenbeleuchtung des Autos einschaltete, wie sie sich mit dem Zigarettenanzünder eine Marlboro ansteckte und zum Haus hinübersah. Ungeniert, fordernd. Er glaubte ein Lächeln auf ihren Lippen zu erkennen, etwas Triumphierendes, und langsam wich er vom Fenster zurück, in die schützende Dunkelheit seiner Küche. Die Nachbarn! Was wäre, wenn die Nachbarn sie sähen, wie sie da saß, rauchend, mit ihrem grellroten Lippenstift und dem auffälligen, gelben Lackmantel.

Er hatte das Gefühl, dass sie in diesem Moment alle in ihren Fenstern hingen und sich die Hälse reckten.

Bitte, bitte, lass sie nicht aussteigen, lieber Gott.

Dann schaltete sie die Beleuchtung wieder aus und startete den Wagen. Wenige Augenblicke später war der Wagen verschwunden und auf der anderen Straßenseite lag eine leere Parkbucht, anklagend und drohend.

»Kommst du?«, rief Cornelia aus dem Wohnzimmer. »Der Tatort fängt an!«

Ein gemütlicher Abend mit seiner Nachbarin. Fernsehen, reden, Rotwein, reden, lachen. Eine wunderbare Frau. Wenn sie wüsste ... wenn irgendjemand wüsste ...

Er rief: »Ja, Moment, ich komme sofort!«, aber seine Stimme klang zittrig und dünn. Das Weinglas glitt ihm aus der Hand und zersplitterte auf den Küchenfliesen.

Als Cornelia durch den Türspalt zu ihm hinunterblickte und ihn beobachtete, wie er auf den Knien kauerte und die

Scherben zusammenlas, runzelte sie besorgt die Stirn. »Ist dir nicht gut?«

»Alles in Ordnung«, murmelte er und rückte die Brille gerade. »Alles in Ordnung, geh nur schon zum Fernseher, sonst ist die erste Leiche schon vorbei.«

Sie hätte wirklich nicht in seine Straße kommen dürfen!

Das würde sie nicht noch einmal tun!

Sie empfing ihn mit einem verächtlichen Grinsen. »Haste Schiss gekriegt, gestern Abend?«

Bevor er in ihre Wohnung eintrat, sah er sich ängstlich um. »Nein, nein«, murmelte er tonlos, »du hättest nur nicht in unsere Straße kommen dürfen, weißt du. Das muss doch nun wirklich nicht sein. Ich bleibe dir doch nichts schuldig.«

Als er ihr die Scheine hinblätterte, wich die Verachtung aus ihrem Gesicht. Er war okay. Süchtig nach ihr. So anhänglich wie ein kleiner Straßenköter, der einem auf Schritt und Tritt nachläuft.

Spießer. Geschieden. Kleine Eigentumswohnung. Liegenschaftsamt. Zwei Kinder, schon beide aus dem Haus.

Herr S. eben.

Irgendwann hatte er sich getraut, zu ihr zu kommen. Damals hatte sie noch annonciert. Das war jetzt schon drei Jahre her. Wenn man ihn so reden hörte, war er glücklich mit seinem Leben. Er hatte sogar mal Bilder mitgebracht. Von seinem Garten, von seiner Terrasse, von einer Nachbarin.

Nur mit dem Sex, da stand es offenbar nicht so prächtig. Und deshalb kam er zu ihr. Sie hatte keine Scheu, kannte kaum Hemmungen. Setzte sich so, wie er es brauchte, und nahm das in den Mund, was seine Blümchenbeziehungen offensichtlich nicht mal anpacken mochten. Eigentlich blätterte er immer prompt die Kohle hin. Sie hatte niemals den Eindruck gehabt, dass es ihm auch nur um einen einzigen Euro Leid tat, den er ihr gab. Er zahlte für alles. Sie hatten einen richtigen Tarifvertrag. Das war anders als bei den anderen. Die blechten ihre halbe Stunde und kriegten immer so einen melancholischen Blick, wenn sie die Scheine zwischen die rot lackierten Spitzen ihrer langen Finger nahm.

Er war eben ein Beamter und fast hatte sie den Eindruck, dass er ihr regelrecht gerne das Doppelte zahlte, wenn sie ihn mit in die Badewanne nahm oder wenn es andere Extras gab.

Ein paar Mal hatte er richtig was zusammengespart und dann durfte er mit ihr in ihrem Toyota in den Stadtwald fahren. Sie spürte, wie verwegen er sich vorkam, wenn sie es in Gottes freier Natur taten. Das war immer ein teurer Spaß und sie hatte nicht im Mindesten ein schlechtes Gewissen dabei. Im Stadtwald waren zu viele Spinner unterwegs. Sie fühlte sich dort alles andere als wohl.

Eine, die vor acht Jahren mal mit ihr in einem kleinen Landpuff gearbeitet hatte, war vor ein paar Monaten gefunden worden. Am Rheinufer, den Hals zugeschnürt, mit blau angelaufenem Gesicht und heraushängender Zunge.

Ein Liebespärchen war auf dem Autobahnparkplatz im Süden erdrosselt worden, erst sechs oder sieben Wochen her. Und dann vorige Woche, die junge Anhalterin, die ins Gebüsch gezerrt worden war und gerade noch abhauen konnte.

Die Welt war voll von Bekloppten.

Daran dachte sie nicht, als er ihr das Geld in die Handfläche gab. Er legte seinen zitternden Finger darauf und lächelte sie schief an. »Schuld beglichen?«

Es hatte diesmal ungewöhnlich lange gedauert. In den drei Jahren ihrer Bekanntschaft war es öfter mal vorgekommen, dass er das Geld nachreichte. Aber diesmal hatte er wohl echte Probleme gehabt. Sie fragte sich sowieso, wie er es immerzu schaffte die Kohle zu organisieren.

Sie nickte. »Schuld beglichen. Sorry wegen gestern. Aber ich hatte angefangen mir Sorgen zu machen, weißt du?« Das Geld wanderte in die Schublade des Sideboards.

Er zog weitere Scheine hervor. »Wo ich schon mal hier bin«, flüsterte er und begann glucksend zu lachen. In diesen Momenten sah er aus wie ein Kind.

Sie legte ihre gespreizte Hand zwischen seine Beine und nahm mit der anderen das Geld. Sie begann wollüstig zu gurren.

Er zog noch zwei Scheine aus der Jackentasche und präsentierte sie wie ein Zauberer.

»Was hast du vor, du verrückter Typ?« Sie war nur scheinbar beeindruckt. In Wirklichkeit bedeutete das immer eine Menge Arbeit, wenn er so viel Asche mitbrachte. »Willst du mich heute etwa um den Verstand vögeln?« Sie grinste verführerisch.

»Wir fahren raus«, sagte er voller Enthusiasmus. »Ich bin gestern Abend auf die Idee gekommen, als du mit dem Auto vor meinem Haus aufgekreuzt bist. Es wird früh dunkel, wir sind unbeobachtet, und ich wünsche mir doch so sehr, dass wir endlich noch mal im Auto...« Der Satz blieb in der Luft hängen. Er traute sich nie, die Dinge beim Namen zu nennen.

»Im Auto?«, maulte sie gequält und sank auf die Bettkante. Dann packte sie seine Hand und versuchte sanft, ihn zu sich hinunterzuziehen. »Lass uns hier bleiben. Ich lasse uns eine schöne, heiße Badewanne ein, und ich zeige dir, was ich mir für ein Spielzeug für die Tage gekauft habe, an denen du nicht bei mir bist. Zuerst guckst du ein bisschen zu und dann ...«

»Nein, bitte. Ich möchte mit dem Auto raus. Ich kenne eine Stelle, an der sind wir ungestört, da sieht uns kein Mensch und wir können so laut sein, wie wir wollen.«

»Du weißt genau, dass ich das nicht so gerne mag. Da draußen laufen lauter Irre rum. Maniacs, Spinner ... Du weißt schon. Da werden Leute abgemurkst. Hier drinnen fühle ich mich sicher.«

»Bitte.« Er setzte einen unterwürfigen Blick auf. »Nur einmal.«

»Einmal, einmal ...«, fluchte sie leise, als sie sich nebenan die Schuhe anzog. Immer wieder ließ sie sich erweichen. Aber irgendwann war Schluss. Beim nächsten Mal würde sie ihm zeigen, wer hier das Sagen hatte!

Sie reihten sich in den Feierabendverkehr ein und ließen sich von der Blechlawine aus der Stadt hinaustreiben. Er beschrieb ihr, wohin sie zu fahren hatte, und zog dabei seinen albernen Hut ganz tief in die Stirn, gerade so, als säßen in all den anderen Autos rings herum Bekannte, Kollegen und Verwandte, die nur darauf warteten, ihn irgendwann mit einer aufpolierten Nutte zu erwischen.

Die Stelle, die er ihr zeigte, kannte sie natürlich. Es gab nur wenige solcher Waldwege oder Parkplätze, die sie während ihrer Laufbahn noch nicht besucht hatte. Sie hätte ihm erzählen können, dass dies exakt der Ort war, an dem am Wochenende kaum ein freies Plätzchen zu ergattern war, weil alle Discomacker ihre Tanzmäuse hierher abschleppten. Da reihte sich ein wackelndes Gefährt an das nächste. Im Sommer mit offenem Verdeck, im Winter mit beschlagenen Scheiben. Sie hielt die Klappe.

Heute war der Platz menschenleer. Es begann langsam dunkel zu werden.

»Und?«, fragte er. »Ein guter Platz, oder?«

Sie nickte halbherzig und drückte den rot glühenden Zigarettenanzünder auf die Spitze ihrer Marlboro.

Genauso wie gestern Abend, dachte er und zwinkerte nervös hinter seinen Brillengläsern. Dann flüsterte er leise: »Du hättest nicht in unsere Straße kommen dürfen. Mein Gott, warum hast du das nur getan?«

Während sie teilnahmslos begann, ihren Slip herunterzustreifen, beobachtete sie aus den Augenwinkeln, dass er sich den Schlips auszog.

Gerade als sie sich darüber wundern wollte, weil das doch für gewöhnlich ihr Job war, kamen seine Arme wie zwei undeutliche Schatten näher geflogen. Und dann legte sich der karierte Streifen Stoff um ihren Hals.

Er biss die Zähne ganz fest aufeinander, als er die beiden Enden der verschlungenen Krawatte so fest es ging auseinander zerrte. Ihre Hände griffen zum Hals und versuchten die Schlinge zu lockern, die sich unerbittlich zuzog. Er sah, wie ihre rot lackierten, langen Nägel brachen. Jedes Detail brannte sich in sein Hirn. Der verschmorte Geruch, als die Zigarette und der Anzünder hinunterkullerten, ihre strampelnden Beine, die nicht genug Platz unter dem Steuer hatten, um irgendetwas auszurichten. Ihre flatternden Ellenbogen und ihre weit aufgerissenen Augen, die wild umhergingen und deren Blick sich im halbdunklen Innern des kleinen Wagens verlor.

Das grässliche Röcheln, die Speicheltröpfchen, die aus ihrem weit geöffneten Mund hervorsprühten. Die Zunge, die hervorstieß und schmerzhaft verkrümmt ins Nichts zuckte.

»Du hättest ...«, ächzte er mühsam, »... niemals ... in ... unsere Straße kommen dür...fen!«

Mit einer letzten Anstrengung ruckte er noch einmal an der Krawatte, obwohl ihre Bewegungen längst aufgehört hatten. Als er losließ, sackte sie leblos in sich zusammen, und die einzige Regung im Innern des Autos war minutenlang das Zittern seiner rot gescheuerten Hände.

Die Scheiben waren beschlagen. Der aufgehende Mond ließ sie unmerklich in mattem, weißem Licht leuchten wie eine Kinoleinwand.

Er beugte sich zu ihr und hielt seine Hand vor ihren Mund. Kein Atemzug war zu spüren. Er beugte sich tiefer und legte sein Ohr auf ihren Brustkorb. Nichts. Sie war tot. Sie würde nie mehr in seiner Straße auftauchen, keinem etwas erzählen.

So würde man sie finden. Irgendwann im Morgengrauen, wenn er zu Hause in seinem Bett lag.

Ein weiteres Opfer eines Verbrechers, der wahllos zuschlug, Frauen und Pärchen meuchelte und in der Nacht verschwand, ohne dass ihm bis jetzt jemand auf die Spur gekommen war.

Er begann zu überlegen, welche Spuren er möglicherweise im Auto hinterließ, er prüfte, ob ihm möglicherweise etwas aus der Tasche gerutscht war, als er plötzlich ein leises Geräusch hörte. Panisch starrte er zu der Leiche hinüber. Hatte sie sich bewegt? Wieder beugte er sein Gesicht zu ihren Lippen hinunter. Nichts.

Man könnte uns für ein Liebespaar halten, wenn man uns so sieht, dachte er noch, als plötzlich die Beifahrertür aufgerissen wurde und ein kalter Wirbel durch das Auto fegte. Er sah nichts von dem Angreifer, der aus dem Dunkel heraus nach ihm packte und etwas mit aller Kraft um seine Kehle schlang.

Die Sache mit Paule

Plastische Chirurgen haben keinen allzu guten Leumund in der Öffentlichkeit. Das bekam auch mein alter Schulfreund Paul Schievelbein zu spüren, der zeitlebens nicht besonders viel getan hat, was diesem Missstand hätte entgegenwirken können.

Schon zu Schulzeiten hatte er ein sehr ausgeprägtes Interesse am weiblichen Geschlecht entwickelt. Dies ist nicht allzu bemerkenswert, doch muss dazu gesagt werden, dass Paule im Gegensatz zu uns anderen die meisten seiner hochtrabenden Pläne jeweils rasch in die Tat umsetzte. Ich habe ihn immer um das beneidet, was er in diesem Zusammenhang zustande brachte.

Paule führte einen »Katalog der gebrochenen Herzen«, in dem er die Fotografien seiner Eroberungen einzukleben und darüber hinaus die Damen auch noch zu benoten pflegte. Sehr selten brachte es mal jemand zu einem »Sehr gut mit Auszeichnung«.

Ich glaube mich daran erinnern zu können, dass Paule schon damals daran dachte, eine berufliche Laufbahn einzuschlagen, die es ihm erlauben würde, ganz offiziell Hand an alle möglichen weiblichen Rundungen zu legen. Selbst heutzutage gibt es in dieser Hinsicht noch nicht allzu viele Möglichkeiten. Paules Vater war Arzt und unterstützte den Berufswunsch seines Sprösslings nach Kräften.

Im Anschluss an das Abitur verloren wir uns aus den Augen und nur zu unseren Klassentreffen sahen wir uns von Zeit zu Zeit wieder. Nach dem Medizinstudium in Düsseldorf und Essen, so berichtete Paule, absolvierte er seine Weiterbildung zum Facharzt für Chirurgie am Universitätsklinikum Essen. Im Rahmen der Rotation durchlief er dann in dieser Zeit die Abteilungen für Allgemeine Chirurgie, für Unfallchirurgie und für Thorax- und Kardiovaskuläre Chirurgie.

Danach, so glaubte er, war es endlich an der Zeit, auf eigenen Füßen zu stehen.

In Düsseldorf wurde Paule handelseinig mit einem Kollegen von der Universität und man eröffnete eine Gemeinschaftspraxis.

Als wir unser zehnjähriges Abiturjubiläum feierten, fuhr Paule in einem Lagonda Aston Martin 1949 Drophead Coupé vor, und wir wussten, dass er es geschafft hatte. Unsere Klassenkameradinnen Irmchen Doppelfeld und Elke Pfaff, die mittlerweile ganz anders hießen, bekamen direkt feuchte Augen bei dem Gedanken daran, dass sie dereinst in Paules Katalog geführt worden waren, und starteten an jenem Abend einen verzweifelten Versuch, an vergangene Zeiten anzuknüpfen. Paule hat ihnen bei dieser Gelegenheit dann auch eine neue Chance gegeben, wie später berichtet wurde. Er unterzog beide im gemieteten Hotelzimmer einer eingehenden Prüfung, schickte sie jedoch am nächsten Tag zurück zu ihren jeweiligen Ehemännern.

Wann habe ich Paule dann noch einmal wiedergesehen?

Es wird zwei bis drei Jahre später gewesen sein. Ich weiß noch, dass Irmchen Doppelfeld in der Zwischenzeit Zwillinge zur Welt gebracht hatte. Keiner war darüber erstaunter als ihr ahnungsloser Ehemann.

Paules Foto war eines Morgens auf der Titelseite der Tageszeitung. Und in einem kurzen Bericht im Regionalfernsehen sah ich ihn auch, wie er sich angesichts der Kameras im Gerichtssaal das Jackett über den Kopf zog. Es war damals die Rede von »sexuellem Missbrauch« und es ging um drei oder vier Patientinnen, die Klage eingereicht hatten, und mir war klar, dass eine abgelegte Liebschaft ihm etwas unter die Weste gejubelt hatte. Paule, da bin ich mir heute noch sicher, war eigentlich kein schlechter Kerl.

Die Praxis wurde aufgelöst und sein Kompagnon arbeitet jetzt in einer Klinik für Plastische Chirurgie in Düsseldorf Kaiserswerth. Paule, so hieß es, sei völlig entwurzelt, absolut mittellos und auf dem direkten Weg in die Gosse.

Dann hörte ich ein ganzes Jahr lang nichts mehr von ihm.

An einem Winterabend rief er mich zu Hause an und bat mich um ein Treffen. Seine Stimme klang rau und er sprach wie unter großem Druck, versicherte aber, es gehe ihm gut, und der einzige Grund seines Anrufes sei die Tatsache, dass er gerade einmal wieder in der Gegend sei. Ein Treffen unter alten Freunden, das war es, was er wolle. Und seine neue Lebensgefährtin wolle er mir bei dieser Gelegenheit auch gleich vorstellen, und dieses Mal, so fügte er aufgeregt hinzu, sei es etwas wirklich Ernstes.

Bevor ich zum verabredeten Treffpunkt in das Café kam, zog ich am Geldautomaten rasch ein paar Hundertmarkscheine. Ich ahnte schon, worauf das Gespräch schließlich doch hinauslaufen würde und verdrängte jeden Zweifel daran, dass ich mein Geld, wenn es erst einmal in Paules Tasche gelandet wäre, jemals wiedersehen würde.

Seine Partnerin war wirklich beeindruckend. Schlank und blond und ausgestattet mit all dem, was Paul schon von Jugend an an Frauen so sehr geschätzt hatte. Ein erster Blick auf ihr Dekolleté reichte schon aus um festzustellen, dass Paule hier wahrscheinlich mit seinen geschickten Chirurgenfingern erst kürzlich nachgeholfen hatte.

Er erklärte, dass Svetlana, die unablässig lächelnde Polin an seiner Seite, eine wirklich große Karriere im Filmgeschäft vor sich habe, und dass er fortan ihr Beschützer, Manager und in Treue ergebener Liebhaber sein werde. Die bevorstehende Geschäftsreise in die Staaten zwecks Anbahnung cineastischer Kontakte allerdings drohe schlicht und ergreifend an einem Loch in der Reisekasse zu scheitern. Beim Anblick der Scheine, die ich ihm ohne große Worte und Ermahnungen über den Tisch schob, murmelte Paule verschämt, dass ihm das eigentlich unglaublich peinlich sei. Er tat mir wirklich Leid, wie er so in seinem nicht mehr ganz neuen Zweireiher dasaß und auf das Geld starrte.

Dass es ihn ausgerechnet nach Amerika zog, verwunderte mich, da ich wusste, dass Paules Familie einen tiefen Hass gegen die Amerikaner hegte, seit seine Großmutter väterlicherseits damals in Berlin von einem Carepaket erschlagen worden war.

Aber Paule, so schien es mir, knüpfte an diese Reise und an die Fähigkeiten seiner Partnerin große Erwartungen.

Im nächsten Sommer bekam ich dann völlig unverhofft mein Geld zurück.

Eines Tages stand Paule mit seiner Gefährtin und einem prächtigen, roten Austin Healey Sprite MK-2 vor meinem Haus und drückte mir freudestrahlend einen Umschlag in die Hand. Hatte ich schon erwähnt, dass Paule eigentlich kein schlechter Kerl war? Er schien sich wieder vollständig gefangen zu haben.

Als wir später auf der Terrasse saßen, erklärte er mir durch den Qualm seiner unglaublich dicken Zigarre hindurch, dass das Blatt sich wieder vollkommen zu seinen Gunsten gedreht habe. Svetlana, deren Brustumfang offensichtlich erneut zugenommen hatte, hatte unter dem Künstlernamen »Jessica Splendour« drei Filme abgedreht, deren künstlerische Qualität gegen Null tendierte und die in der Erwachsenenabteilung der Videothek auszuleihen waren. Seither hatte sie vom Filmgeschäft die Nase voll und Paule berichtete stolz, dass er neuerdings in den USA glänzende Kontakte angeknüpft habe und nun wieder in seinem alten Beruf arbeite.

Auf meine interessierten Fragen antwortete er, indem er den Zeigefinger vor die gespitzten Lippen hob. Je weniger ich wisse, so erklärte er mit einem wölfischen Grinsen, desto besser sei das für meine Gesundheit. Seine Geschäftspartner, so ließ er mich wissen, blieben bevorzugt im Verborgenen. Als die beiden gegangen waren, stellte ich fest, dass Paule den Geldbetrag, den er mir in dem Briefumschlag zurückgegeben hatte, heimlich verdoppelt hatte.

Hinterher habe ich dann lange überlegt, womit sich Paule wohl jenseits des großen Teichs seinen Unterhalt verdiente, und ich kam sehr schnell auf den Gedanken, dass ein plastischer Chirurg durchaus Fähigkeiten besaß, die den dort ansässigen Unterweltgrößen von einigem Nutzen sein konnten. Er hatte die Fähigkeit, Gesichter dauerhaft zu verändern, und das war eine Gabe, die ihm sicherlich auf der anderen Seite des Atlantik großes Ansehen bescherte.

Im darauf folgenden Herbst sah ich Paule ein weiteres Mal im Fernsehen. Als ich durch das Nachtprogramm zappte, entdeckte ich sein Gesicht im Publikum einer Boxarena. Es handelte sich um eine Liveschaltung aus dem Madison Square Garden. Svetlana hatte deutlich an Brustumfang gewonnen und ich weiß nicht, ob es möglicherweise daran lag, dass das Blut bis in die erste Reihe spritzte, aber sie lächelte nicht einmal mehr halb so strahlend wie damals.

Jedes Mal, wenn ich seither einen amerikanischen Gangsterfilm sehe, muss ich an Paule denken. Ich war mir ganz sicher, dass er neue Nasen und hängende Augenlider am Fließband wachsen ließ, denn Irmchen Doppelfeld, die inzwischen wieder geschieden ist und ihren Mädchennamen angenommen hat, erzählte mir einmal, dass sie in einer Zeitschrift beim Friseur eine bilderreiche Homestory unseres gemeinsamen Schulkameraden Paule entdeckt und studiert habe. Paule, dessen Penthouse in Düsseldorf üppig ausgestattet war, wurde darin enthusiastisch als Lebemann des Jahres gefeiert, der mit seinen Operationen in den Staaten unglaublich viel Geld verdiene. Und die blonde Frau an seiner Seite, die er unterdessen geehelicht hatte, habe Brüste groß wie Bowlingkugeln, sagte Irmchen und konnte den Neid in ihrer Stimme nur schwer verbergen.

Doch auch der strahlendste Stern steht nicht ewig am Himmel. Irgendwann hatte Paules Glückssträhne ein jähes Ende. Er und Svetlana waren in einen folgenschweren Unfall mit dem prachtvollen Austin auf der A 42 in Höhe der Abfahrt Dinslaken-West verwickelt. Paule überlebte leicht verletzt und wurde nach zwei Tagen aus der Klinik entlassen, aber Svetlana war noch an der Unfallstelle gestorben.

Was nun folgte, entnahm ich diversen Fernsehberichten und Zeitungsartikeln, und ich habe mir mein eigenes Bild von dieser ganzen Geschichte gemacht.

Paule wurde an einem frühen Sonntagmorgen von einem Rentner am Grab der toten Svetlana gefunden. Alles war voller Blut, so hieß es, und zunächst erweckte es den Anschein, dass Paule seinem Leben mit einem gezielten Kopfschuss ein Ende bereitet hatte, nachdem ihm seine geliebte Gefährtin weggestorben war. Später stellte sich dann heraus, dass Paule in Wirklichkeit einer Art Exekution zum Opfer gefallen war. Mit einem aufgesetzten Nackenschuss hatten ihn Unbekannte ins Jenseits befördert, so dass er mit dem Gesicht nach vorne geradewegs in die taufeuchte Erde von Svetlanas Grab gefallen war.

Warum hatte ich vorher nie an Rauschgift gedacht? In meinem Kopf hatte ich mir herrliche Bilder von finsteren Hinterzimmern ausgemalt, in denen zwielichtig aussehende Mafiabosse sich unter Paules geschickten Fingern in völlig harmlos aussehende Mitmenschen verwandelten. Das kannte ich alles aus Filmen und Romanen.

Dass Paule sich in Wirklichkeit vom geschickten Chirurgen in einen erfolgreichen Drogenkurier verwandelt hatte, drang erst später an die Öffentlichkeit. Sein Tod, so stellte man es dar, musste eine Bestrafung für ein mangelhaft abgewickeltes Geschäft gewesen sein. Da waren sich die Spezialisten einig. Dass Paules Leiche über einen Klappspaten gebeugt lag, als man sie fand, und dass gleich daneben ein

Brecheisen gefunden wurde, ließ die Ermittler rasch auf den Gedanken verfallen, die verlorengegangene Rauschgiftlieferung sei möglicherweise im Sarg der toten Svetlana versteckt. Als man aber nach einer Öffnung des Grabes weder im Sarg, noch unter oder neben ihm irgendetwas verdächtiges fand, ließ man die Sache auf sich beruhen.

Ich kann mich natürlich irren, aber im Nachhinein glaube ich eigentlich ziemlich genau zu wissen, wo Paule dank seiner Geschicklichkeit das Rauschgift bei all seinen Reisen zwischen den Kontinenten versteckt hatte. Es gab vermutlich genau zwei ausreichend große Verstecke. Eines so gut wie das andere. Letztendlich kommt mir seither, immer wenn ich an die Geschehnisse von damals denke, in den Sinn, wie Paul mir bei unserer letzten Begegnung hinter vorgehaltener Hand zugeflüstert hatte, was für ein verdammt gutes Gefühl es war, »sie in der Hand zu halten«.

Mit Wampe

durch die kalte Winternacht

Zack! Ein grellroter Blitz zuckte durch die Schwärze. Instinktiv trat Fränz mit dem rechten Fuß auf die Bremse, um zu retten, was nicht mehr zu retten war, und ebenso instinktiv fuhr er mit dem Arm auf den Beifahrersitz, damit seine Ladung nicht nach vorne schoss. Verfluchter Starenkasten!

Fränz wusste nicht, wie oft er schon hier an der Einmündung Freilingen vorbeigefahren und brav das Fahrzeug auf Siebzig heruntergebremst hatte. Aber jetzt war es passiert. Ausgerechnet jetzt! Er hielt am rechten Fahrbahnrand an. Seine Gedanken schossen wirr umeinander. Es war Nacht. Es schneite. Er war fotografiert worden. Aber nicht nur er allein.

Fränz warf einen gehetzten Blick zum Beifahrersitz und zog dann er rasch seine Hand zurück. Wampe saß da. Still, den Blick geradeaus in die schneedurchwirbelte Nacht gerichtet, stumm. Wampe schien in sich selbst zu ruhen. Seine hundertzwanzig Kilo thronten auf dem Beifahrersitz des Kombis ohne den Hauch einer Bewegung.

»Super, Wampe. Wirklich Extraklasse«, knurrte Fränz. Aber Wampe antwortete nicht, denn Wampe war seit anderthalb Stunden tot. Das blutige Rinnsal, das an seiner linken Schläfe entsprang und in den Kragen hinunterrann, war längst versiegt und verkrustet. Der Vorschlaghammer, mit dem Fränz ihm nach ihrem Streit in seiner unglaublichen Wut das Leben aus der hohlen Birne gehämmert hatte, ruhte auf der Rückbank.

So ein Foto aus dem Starenkasten war das Allerletzte, was Fränz jetzt gebrauchen konnte. Nicht nur wegen seines Führerscheins. Er war ziellos mit dem massigen Körper durch die Gegend gefahren, um ihn an irgendeiner Stelle klammheimlich loszuwerden.

Fränz stieg aus. Der Sturm hatte sich gelegt, die Flocken fielen jetzt sanfter. Was konnte er nur tun? Für einen Augenblick dachte Fränz daran, den Hammer mitzunehmen und auch den Starenkasten plattzumachen. Wo er doch so schön in Fahrt war. Aber er ging nur die paar Meter des Bremswegs zurück, stemmte die Hände in die Hüften und starrte am Pfosten hinauf auf die beiden hohlen Rechtecke des Knipsgeräts.

Da kam ein Auto aus dem Ahrtal hinauf. Bevor Fränz wieder bei seinem Kombi war, hielt der kleine Fiat am gegenüberliegenden Straßenrand und die Scheibe wurde heruntergekurbelt.

»Panne?«, rief eine junge Frau.

Warum kurvte die hier nachts rum? »Alles in Ordnung!«, rief Fränz. »Alles okay!« Und er überlegte, ob sie seinen Freund Wampe gesehen haben konnte. Es reichte immerhin, wenn er mit auf diesem dämlichen Foto war.

Da vernahm Fränz eine Stimme hinter sich. »Probleme? Kann man helfen?«

Der Alte, der sich von Freilingen her mit seinem kleinen Köter durch den Schnee kämpfte, wollte schon schnurstracks auf den Kombi zusteuern. Einer dieser professioneller Kümmerer. Der hatte Fränz jetzt gerade noch gefehlt.

»Alles in Ordnung!«, rief Fränz rasch. Und auch noch einmal zu der Frau gewandt: »Alles in bester Ordnung!«

Auf der anderen Seite der Straße drehten die Räder des Fiat durch, als die Tussi versuchte wieder zu starten.

»Keine Winterreifen drauf, was?«, rief der Opa und war schon bei der Beifahrertür. Sein Hund hob das Bein am Hinterrad.

»Ist schon gut!«, rief Fränz aufgeregt und fuchtelte mit den Armen. Es wurde Zeit, dass er hier wegkam. Zur Hölle mit dem Foto. Wampe musste verschwinden.

Das Unheil nahte in Form eines Sprudellasters von Norden, von der Autobahn. Er rollte zügig bergab und bremste brav, als es auf die Radarfalle zuging. Da machte der Fiat plötzlich einen Satz nach vorne und schoss quer über die Fahrbahn. Der Lastwagenfahrer reagierte blitzschnell, indem er das Steuer herumriss und sein Gefährt mit aufheulender Hupe und einem eleganten Schlenker linkerhand in die Einmündung nach Lommersdorf donnern ließ. Er rasierte dabei ein paar Verkehrsschilder ab, die hoch durch die Luft segelten.

Fränz standen die Haare zu Berge. Er registrierte, dass in den ersten Häusern bereits die Lichter angingen. Ein weiteres Auto kam aus dem Ahrtal hoch und hupte, als könne es irgendjemanden damit beeindrucken. War er hier auf dem Nürburgring, oder wo kamen die plötzlich alle her?

Der Hund des Alten jaulte, die Fiattante heulte. Er musste hier weg.

Fränz sprang ins Auto. Er hörte den Opa noch was von »Zeuge« brüllen, aber wenn es noch irgendeine Rettung für ihn gab, dann nicht hier.

Was würde man auf dem Foto erkennen? Wampes dämlichen Gesichtsausdruck. Und der war zu Wampes Lebzeiten keinen Deut intelligenter ausgefallen als jetzt, wo er mausetot war. Die Leute, die diese Filme auswerteten, würden kaum darauf kommen, dass hier eine Leiche spazieren fuhr. Noch war alles zu retten.

Fränz fuhr durch die Nacht. Im Ahrtal rechts, auf Blankenheim zu. Wo zum Teufel sollte er hin?

An einer Ampel in Blankenheim war plötzlich einer neben ihm auf der Rechtsabbiegespur. Wo zur Hölle kamen all diese Leute her?

Der Typ rief etwas durch die geöffnete Scheibe seines Polo und fuchtelte mit einer Straßenkarte. Aber Beifahrer Wampe zeigte sich völlig unbeeindruckt. Er starrte mit halb offen stehenden Maul und trübem Blick geradeaus und machte keinerlei Anstalten, Auskünfte gleich welcher Art zu erteilen.

Fränz zählte nervös bis zehn und schoss schließlich panisch bei Rot über die Ampel davon. Ein Kleinlaster trat voll in die Eisen und tauchte den dicken toten Wampe mit der Lichthupe in grelles Scheinwerferlicht.

Fränz stieß einen wütenden Schrei aus.

Wampe musste woanders verschwinden. Anderer Kreis, anderes Bundesland. Raus aus der Eifel. Fränz griff grimmig mit seinen klammen Fingern um das Lenkrad. Das konnte eine lange Nacht werden.

In Koblenz kam er ins Rutschen und schlitterte seitlich auf einen Zeitungsboten zu, der zur Nachtzeit die Verkaufskästen am Straßenrand bestückte. Zwei Handbreit vor dem jungen Mann, der mit panischem Gesichtsausdruck sein Zeitungsbündel umklammerte, kam er zum Stehen. Und nur zwei Handbreit war dieser auch vom ungerührt vor sich hin starrenden Wampe entfernt. Diese dämliche Visage, so war sich Fränz zähneknirschend sicher, würde sich dem Knaben bis ans Ende seiner Tage ins Gedächtnis brennen.

An einer Autobahntankstelle hinter Frankfurt dann wollte jemand Wampe um Feuer bitten und Fränz verscheuchte ihn mit dem Hinweis, dass Rauchen an der Tanke strengstens verboten sei.

Auf der Höhe von Siegen fuhren sie dann völlig ungerührt an einer routinemäßigen Verkehrskontrolle vorbei, obwohl der Polizist wie wild winkte und Wampe anbrüllte.

Fränz' Verzweiflung schlug irgendwann in eine gewisse Mutlosigkeit um, als er erkannte, dass sein toter Freund in dieser Nacht eine unglaubliche Anziehungskraft auf seine Mitmenschen ausübte, wie es ihm im Leben nie vergönnt gewesen war.

Als Fränz in der Nähe von Kassel einen halbherzigen Versuch startete, seine Fracht im Straßengraben zu löschen, musste er feststellen, dass das Türschloss der Beifahrertür zugefroren war – und mutlos fuhr er weiter.

In den frühen Morgenstunden dann wurde der Schnee wieder stärker. Fränz hatte mittlerweile gänzlich die Orientierung verloren und steuerte nur noch stur geradeaus.

Und irgendwann kamen sie in einen Stau. Und als sie mittlerweile schon anderthalb Stunden zwischen anderen Fahrzeugen im Schnee festgekeilt standen, und als Fränz bemerkte, dass der bebrillte Herr rechts von ihnen schon seit einer Dreiviertelstunde zu Wampe herüber starrte, hörte er im Radio, dass der Stau in Richtung Hannover mittlerweile auf eine stattliche Länge von fünfundsechzig Kilometer angewachsen und dass das Rote Kreuz unterwegs sei, um heiße Getränke und warme Decken zu den Eingeschlossenen zu bringen.

Da stieg Fränz endlich in aller Seelenruhe aus, würdigte, als er die Fahrertüre hinter sich schloss, seinen toten Freund keines Blickes mehr, und ging einfach zwischen den Reihen der stehenden Autos und zwischen den dampfenden Abgaswolken hindurch.

Irgendwann, nachdem er sich eine Weile lang durch die Lücken zwischen den Stoßstangen hatte treiben lassen, erreichte er die Leitplanke. Als er darüber kletterte, sah er plötzlich wieder Wampes fettes Gesicht, das sich schemenhaft vor ihm im Flockenwirbel abzeichnete.

Er flüsterte kraftlos »Hau endlich ab« und taumelte die Böschung hinunter. Weiter unten schluckte ihn fast lautlos eine Schneewehe. Er machte ein paar halbherzige Versuche, sich frei zu graben, aber schließlich gab er ermattet auf.

Nach einer halben Stunde spürte er seine Hände und Füße nicht mehr und eine Weile später schwanden ihm die Sinne.

Das Letzte, was er sah, war das unglaublich dämliche Gesicht von Wampe.

Sonderturnen

Harte Wangenknochen, ein schief dazwischengemeißelter Mund, graublaue Augen hinter einer antiquierten Hornbrille mit fast quadratischen Gläsern. Keine Frage, der Mann, der die Tür öffnete, war Otto Kwysiak. Zwischen den Tagen des Triumphes und dem Heute lagen rund fünfundsechzig Jahre, ein Krieg, der Tod seiner Frau in den Fünfzigern, eine brutale Krankheit zwei Jahre später, eine Lähmung, ein Rollstuhl und ein qualvoll sich hinziehendes Lebensende in Bitterkeit.

»Von der Zeitung? Sie sind doch der von der Zeitung?«, fragte der alte Mann schnarrend. »Sind Sie der von der Zeitung?« Er musste dreimal fragen, bevor sich der Mann vor der Tür mit einem Räuspern sammelte und seinen Namen nannte.

»Reiff, genau. Vom *Volks-Anzeiger*. Wir haben miteinander telefoniert.«

Der Alte machte keine Anzeichen, mit seinem Rollstuhl zur Seite zu weichen um ihn einzulassen.

»Sie wollen das nicht hier machen, nicht wahr? Das ist mir recht. Ist mir ganz recht.« Die immer noch kraftvoll aussehende Rechte wies vage auf den Fotoapparat. »Etwas im Wald oder so? Oder auf dem Aschenplatz vielleicht?«

»So ähnlich.« Ein freundliches Lächeln huschte über das runde Gesicht des Journalisten. »Aschenplatz. Daran hatten die Kollegen in der Redaktion auch zuerst gedacht. Aber ich habe was Besseres. Es sei denn, Sie möchten doch vielleicht lieber in ihrer ...«

»Auf keinen Fall. Das könnte Ihnen so passen. Ich bin ein alter Mann, das ist eine große Wohnung, da drin sieht es nicht gerade aus, als käme jeden Tag die Raumpflegerin. Warten Sie!«

Mit einem Schwung warf er dem Journalisten die Haustür vor der Nase zu. Nach einem Moment der Verblüffung steckte dieser sich eine Zigarette an und schmunzelte. *Was wurde eigentlich aus ...?* hieß die Rubrik. Sie spürten alte Schlagersänger auf, entdeckten längst vergessene Politiker in ihren Altersrefugien und besuchten senile Theaterdiven im Heim. Fotos von verschrumpelten Knödeltenören und von im Suff aufgedunsenen Ex-Bürgermeistern. *Was wurde eigentlich aus ...?* Er war sich manchmal gar nicht so sicher, ob die Welt wirklich immer wissen musste, *was aus ... wurde.*

Er warf einen Blick auf seinen Notizblock. Otto Kwysiak, geboren 1910 in Danzig, Turner, zweifacher Weltrekordler am Seitpferd, am Reck und im Pferdsprung, der Abräumer der olympischen Spiele in Berlin, Gold fürs Vaterland.

Was aus Kwysiak *geworden war*, konnte man deutlich sehen.

Hinter der Tür tat sich etwas und wenige Augenblicke später erschien Kwysiak samt Rollstuhl wieder im Türrahmen. Er hatte einen Hut aufgesetzt und sich einen Schal umgeschlungen. Es war grässlich kalt.

Reiff schnippte seine Zigarettenkippe in die immergrünen Sträucher. Kwysiak machte ein Gesicht, als wolle er etwas dazu sagen, aber er verkniff sich einen Kommentar.

»Ich bin sehr froh, dass Sie sich Zeit nehmen konnten, Herr Kwysiak«, plauderte der Journalist drauflos, während der alte Mann die Betonrampe von der Haustür zur Straße hinunterrollte.

»Reden Sie keinen Unsinn. Ich habe Zeit in Hülle und Fülle. Haben Sie denn überhaupt ein Auto, in das mein Rollstuhl reinpasst, Sie Spaßvogel?«

Wie ein großes Walross tapste der Journalist neben seinem Interviewpartner her und wankte mit jedem Schritt von einer Seite zur anderen. »Wir brauchen gar kein Auto. Es ist nur ein paar Straßen weiter. Das hätte Ihnen auch nicht gefallen. Ein dreckiger kleiner Panda. Auch wenn Sie glauben, eine unaufgeräumte Wohnung zu haben ...«

»Ein paar Straßen weiter? Wo könnte das denn sein in dieser elenden Gegend?« Hinter der Riesenbrille kniff der Alte seine Augen skeptisch zusammen.

»Da hinten rechts und dann zweimal links. Ahnen Sie, wo?«

Der Alte folgte mit dem Blick dem ausgestreckten Zeigefinger. Wenn man dahinten in den Park abbog und dann bis zum Ende durchrollte, dann zweimal links ... Natürlich, die alte Schule.

»Das alte Grundschulgebäude?«

Reiff nickte. »In der Turnhalle. Was halten Sie von der Idee?«

Kwysiak machte ein Gesicht, als könne er sich nicht entscheiden, ob er wortlos ausspucken oder lauthals losfluchen soll. »Turnhalle. Das halten Sie für eine gute Idee?«

»Sie kennen doch sicher unsere Rubrik. Wir zeigen gerne unsere Gesprächspartner an ihrer ehemaligen Wirkungsstätte. Das erhöht den Nostalgie-Effekt, verstehen Sie?«

»Ich lese keine Zeitung. Auch wenn ich vorhin sagte, dass ich über viel Zeit verfüge – dafür ist sie mir dann doch zu schade.« Er rang mit sich. »Die Grundschule? Das waren doch nur zwanzig Jahre, die ich damals dort unterrichtet habe. Der verrottete, alte Kasten ist mittlerweile geschlossen. Da ist seit zwei Jahren Schicht. Wenn Sie mich an meiner alten Wirkungsstätte ablichten wollen, dann müssen wir nach Berlin fliegen, junger Mann, aber dafür reichen wohl ihre Spesen nicht, was? Kommen wir da überhaupt rein, in diese olle Turnhalle?«

Reiff fischte einen kleinen Schlüsselbund aus seiner speckigen, pelzgefütterten Winterjacke und klimperte damit.

»Na, dann bringen wir's mal hinter uns«, knurrte Kwysiak mit kiesiger Stimme und rollte los. So schnell, dass der dicke Reporter Mühe hatte Schritt zu halten.

Während sie sich durch den winterlichen Park fortbewegten, begann Kwysiak zu schwadronieren. Es war, als sei ein Damm gebrochen, als sei er froh, alles wieder abzuspulen, was ihm Tag für Tag durch den Kopf ging. Ein ungeordneter Wirrwarr von Erinnerungen an glückliche Tage, an Erfolge und Medaillen, an den väterlichen Trainer in der Jugendzeit ... All das erstrahle in ungebrochenem Glanz und sprudelte so wortreich aus ihm heraus, dass der Journalist kaum Zeit fand, alles zu notieren. Er wackelte neben dem Alten her und hielt seinen Block dicht vor den runden Bauch.

»Haben Sie das?«, fragte Kwysiak immer wieder, als gebe er ein Diktat. Reiff verlegte sich auf stummes Nicken und sonores »Mmmmh!«

Die Grundschule war in einem bedauernswerten Zustand. Seit der Verlegung des Unterrichts in einen Neubau zwei Blocks weiter fristete die städtische Immobilie ein betrübliches Dasein. Investoren mit hochtrabenden Plänen waren abgesprungen und der alte Backsteinbau verfiel zusehends.

Als sie den Schulhof erreichten, hielt Kwysiak für einen Augenblick inne. Stumm ließ er seinen Blick über das Areal wandern und betrachtete die eingeworfenen Scheiben und das Efeu, das die Außenwände erobert hatte.

»Ich war eine Ewigkeit nicht mehr hier«, murmelte er und griff wieder in die Räder. »Nun los, zur Turnhalle!«

Die Turnhalle war in einem separaten Gebäude untergebracht, das an den hinteren Schulhof angrenzte. Als sie die

Hausecke umrundeten, verschlug es ihnen erneut die Sprache, denn hier sah alles noch trostloser aus, als zur Straße hin. Das Gestrüpp hatte sich ungehindert Bahn gebrochen und im Dach der Turnhalle klafften mehrere große Löcher. Von einer Autowerkstatt aus der Nachbarschaft her zerriss das schrille Gekreische eines Trennschleifers die Luft.

Das Vorhängeschloss des Gebäudes war geknackt. Kein Mensch nahm mehr Anteil an dem, was hier vor sich ging. Und was hier vor sich ging, wurde hinter der zweiflügeligen Eingangstür klar. Waschbecken waren auf dem Boden zertrümmert worden, Graffitis und obszöne Schmierereien bedeckten die Wände. In einer Ecke war sogar ein Feuerchen gemacht worden. Die Wände darum herum waren rußig und verdreckt. Überall waren Teile des Bodens zerborsten, das alte graue Linoleum hing in Lappen hinunter in die entstandenen, knöcheltiefen Versenkungen.

»Nicht zu fassen«, flüsterte Kwysiak mit einer Mischung aus Faszination und Abscheu und rieb sich das kantige Kinn. »So ein verfluchtes Dreckspack. Denen gehört mal ordentlich der Arsch versohlt, was meinen Sie?«

Reiff nickte wortlos und starrte ebenfalls eine Weile wie gebannt auf die Trümmerlandschaft, die sich vor ihnen ausbreitete.

Am Vortag war er hier gewesen, um sich das Szenario anzusehen. Da hatte ihn der Anblick getroffen wie ein Schlag. Jetzt jagte ihm die Verwüstung nur noch einen verhaltenen Schauder über den Rücken.

Er ging voran und machte ein paar Schritte auf die Tür zu den Umkleidekabinen zu, wobei er Acht darauf gab, nicht in eins der Löcher im Fußboden zu treten und zu stolpern.

»Was machen Sie, Mann?«, fragte Kwysiak scharf. »Sie wollen doch wohl hier keine Fotos machen, oder?«

»Da drinnen gibt es ein paar Stellen, da sieht es ganz passabel aus. Da sieht man auf den Fotos nachher nichts von dem Dreck.«

»Ich begebe mich nicht auf diese Müllhalde. So ein idiotischer Einfall! Lassen Sie uns gehen.«

Reiff ließ die Worte des Alten an sich abperlen. Er drehte sich zu ihm um und lächelte ihn wieder an. Eifer legte sich über seine runden Wangen. »Sie haben hier zwei Jahrzehnte lang Sportunterricht erteilt, Herr Kwysiak. Wollen Sie nicht sehen, wie es da drinnen aussieht?«

Kwysiak besann sich einen Moment und griff dann leise murmelnd in die Räder. Er rollte durch die Tür, die Reiff ihm aufhielt.

Durch die bemoosten Dachfenster fiel schummriges Licht in die Umkleidekabinen. Hier standen immer noch die alten Holzbänke und die Garderobengestelle. Hier drinnen war weniger zerstört worden. Bierdosen lagen herum. Kwysiak rollte über ein paar Pornoheftchen, als er den Raum durchquerte, um zur gegenüberliegenden Tür zum Turnsaal zu kommen. Der Boden und die Wände waren nahezu unversehrt.

Im Turnsaal war es hell und luftig. Weiße Dampfwolken hingen ihnen vor den Mündern. Durch ein großes Loch im Dach fiel winterliches Tageslicht in den riesigen Raum und in der Öffnung waren die kahlen Äste der umstehenden Bäume zu sehen. Ein paar Deckenbalken waren herabgestürzt und lagen wie riesige Mikadostäbe übereinander getürmt. Um sie herum hatte sich eine große, hart gefrorene Pfütze im eingesackten Hallenboden gebildet.

»Tja, Herr Kwysiak«, sagte Reiff in nachdenklichem Tonfall. »Hier sieht es nicht mehr so richtig nach Turnunterricht aus, nicht wahr?« Er stemmte die Hände in die massigen Hüften und ließ den Blick schweifen.

Am anderen Ende des Raumes waren drei unversehrte Kletterstangen und ein an der Rückwand angebrachtes hölzernes Klettergerüst zu erkennen, dessen Holme teilweise zertrümmert worden waren. Ein altes Reck wuchs dort ebenfalls aus dem Boden.

Aus der Gerätenische kamen raschelnde Geräusche unter dem hereingewehten Laub hervor und von Ferne hörten sie wieder den Trennschleifer, der seinen schrillen Klangteppich über die Szenerie breitete.

»Mannomann«, murmelte Kwysiak ungläubig. »Es wundert mich, dass hier überhaupt noch ein Stein auf dem anderen steht.«

»Ich dachte, wir könnten da hinten etwas schießen. Am Barren vielleicht. Aber der ist nicht mehr ganz in Ordnung. Dann eher doch am Reck. Am Reck? Was halten Sie davon?«

Kwysiak blickte mit zerfurchter Stirn zu ihm auf. »Ich glaube, Sie meinen diesen Unsinn wirklich ernst, was, junger Mann?«

Reiff riss die Arme hoch. »Das haben wir ganz schnell erledigt. Wenn ich Sie aus der Froschperspektive fotografiere, sieht man nichts von dem Dreck. Das Fenster im Hintergrund ist sogar noch heil. Sie könnten die Hände an die Reckstange halten. So wie ein echter Turner, ein Athlet. Man sieht dann nicht mal den Rollstuhl.« Er redete voller Begeisterung und gestikulierte mit den fetten Armen.

»Quatsch, Mann!«

»Bitte, Herr Kwysiak. Sie würden mir einen Riesengefallen tun. Ich brauche diese Fotos. Wo soll ich Sie denn sonst fotografieren? Am Schreibtisch? Vor dem Fernseher? Die Leute kennen sie als Olympioniken, als Sportler, als Sportlehrer. Das muss aufs Foto!«

»Kommt gar nicht in Frage.«

»Bitte.« Reiff packte die Führergriffe des Rollstuhls und schob den alten Mann mit sanfter Gewalt nach vorne.

Kwysiak begann, wie wild mit den Armen herumzufuchteln. »Sind Sie wahnsinnig, Mann? Lassen Sie sofort meinen Rollstuhl los! Ich will nach Hause. Bringen Sie mich aus diesem Drecksloch weg!«

Aber Reiff rollte ihn unerbittlich nach vorne und leierte pausenlos »Nur ein Foto, nur ein einziges Foto!« vor sich hin, während sie die Trümmer des Daches und den Eisspiegel umrundeten.

»Lassen Sie mich augenblicklich los, Sie Irrer!«

»Gleich sind wir soweit. Wir machen ein Foto am Reck und dann nichts wie raus hier!«

»Sie haben wohl nicht mehr alle Tassen im Schrank!«

»Beruhigen Sie sich, Herr Kwysiak. Ein Foto und die Sache ist durch.«

Sie erreichten das Reck. Starr und kühl und unversehrt ragte es empor.

Für einen Augenblick blieb es still und der alte Mann blickte mit einer Mischung aus Ehrfurcht und Skepsis auf das Gerät, an dem er einst seine größten Erfolge gefeiert hatte.

»Am Reck, am Reck«, keifte er plötzlich. »Wie soll ich denn da überhaupt drankommen, Sie verdammter Idiot?«

Und bevor er sich's versah, hatte ihn der Journalist direkt unter die Querstange bugsiert, die für den Rollstuhlfahrer unerreichbar hoch in der Winterluft hing, und zwei Hände packten ihn unter den Achseln und verschränkten sich vor seinem Brustkorb. Er wurde aus dem Sitz herausgehebelt und das Schnaufen des dicken Mannes zischte in seinem linken Ohr. Es stank nach der verqualmten speckigen Winterjacke und nach Männerschweiß.

»Lassen Sie mich los, Sie Irrer. Sie gehören ja weggesperrt. Haben Sie gehört? Weggesperrt!«

»Halten Sie die Stange fest!«, schnaufte der Mann ganz dicht an seinem Ohr. »Los, die Hände an die Stange!«

Eisig legte sich der kalte Stahl in Kwysiaks Handflächen und instinktiv packte er zu.

Mit einem Mal verschwanden die Arme, die ihn umfasst gehalten hatten, und ein leises Kichern war zu hören.

Kwysiak klammerte sich mit aller Kraft an die Stange und nahm kaum wahr, wie ihm der Rollstuhl unter dem gefühllosen Unterleib weggenommen wurde.

Ein Poltern ertönte und unter das Geräusch aus der Autowerkstatt mischte sich ein leises Schnurren, das nur vom langsamen Ausrollen eines in der Luft hängenden Rades rühren konnte. Der Irre hatte seinen Rollstuhl umgeworfen!

»Was tun Sie, Mann?«, presste Kwysiak hervor und versuchte den Kopf zu wenden, was in seiner Position kaum zu bewerkstelligen war. »Soll ich Ihnen hier vielleicht was vorturnen?«

Aber es kam keine Antwort. Er vernahm nur ein leises Schnaufen.

Dann kam eine leise Stimme: »Turnen? Warum nicht?«

»Das sollten Sie mal lieber selber tun, Sie fettes Stück Scheiße, hören Sie! Das würde Ihnen gut tun, Sie Fettsack. Und jetzt holen Sie mich gefälligst hier runter!«

Als der Reporter vor ihn trat, hatte er den Kopf leicht schief gelegt und betrachtete den Alten mit Interesse, ungefähr so, wie man ein exotisches Insekt betrachtet.

»Fettsack«, murmelte er unsicher. »Es ist so lange her, seit Sie das zu mir gesagt haben. Fettsack ...«

»Ich kenne Sie überhaupt nicht, Sie!«

»Ich war Ihr *kleiner Fettsack*. So haben sie mich damals schon immer genannt. *Uli, der kleine Fettsack ... Specki ... Säckchen ... Möpschen ...*«

Kwysiak schwieg und biss die Zähne aufeinander. In seinen Ohren rauschte das Blut. Uli? Möglich, dass er den Kerl kannte. Vom Alter her konnte es hinkommen. Ende dreißig vielleicht. Möglicherweise vierzig. Konnte es sein, dass dieser Kloß einmal Schüler ...

»Haben Sie die alle so genannt?«, unterbrach der Mann seine Gedanken. »Können Sie sich nicht mehr an den kleinen, dicken Uli erinnern? Uli ... Uli ... Der kleine Dicke, der immer wie ein nasser Sack an der Kletterstange hing, während die anderen rechts und links längst oben an der Decke abklatschten? Uli, der am Reck baumelte wie ein überreifer Pfirsich, der immer als Letzter auf der Bank saß, wenn es darum ging, dass sich die Mannschaften für den Völkerball formierten. Uli, den keiner haben wollte. Uli, der immer in der Umkleide geheult hatte.«

»Was soll das?«

»Uli, der beim Weitsprung immer auf seinem fetten Arsch landete. Uli, der mit dem Seitenstechen. Der mit den blauen Flecken ... Uli. Erinnern Sie sich nicht?«

»Hören Sie, das ist doch so lange her. Ich war immerhin Ihr Lehrer. Was hätte ich denn anderes im Turnunterricht mit Ihnen machen sollen? Halma spielen? Fang den Hut? Oder Schokoladenwettessen? Mann, das war doch kein Kindergeburtstag, das war Schule! Den anderen hat es immer Spaß gemacht, hier zu turnen.«

»Mir nicht!«

Bevor Kwysiak begriff, was geschah, hatte der Dicke ausgeholt und ihm eine schallende Ohrfeige verpasst. Die Brille flog ihm vom Nasenrücken und landete irgendwo außerhalb seines Gesichtsfelds im Unrat.

»Ich habe hier gelitten. Ich habe geweint. Ich hatte Angst, in diese Scheißturnhalle zu gehen. Einmal habe ich mir in die Hose gepisst vor Angst!«

»Ich will hier raus«, kreischte Kwysiak und klammerte verbissen die Finger um die Reckstange.

»Das wollte ich auch. Und was kriegte ich stattdessen? *Sonderturnen*!« Das fette Gesicht kam unangenehm nahe. »*Sonderturnen* war die Hölle. Da waren nur noch wenige da. Da waren nur noch die, die zu krüppelig waren oder zu fett. Der Abschaum. Das Pack, das nichts auf die Reihe kriegte. Und da war ein böser Mann im Rollstuhl, der an ihnen all den Frust seines zerstörten Sportlerlebens ausließ. Wissen Sie was, Kwysiak? Der Teufel hatte für mich als Kind keinen Pferdefuß ... er hatte Räder!«

Eine fette Hand packte Kwysiak bei der Nasenspitze und kniff sie so fest zusammen, dass der Alte schmerzgepeinigt das Gesicht verzog. »Das war ein Spaß, was? Oh Mann, war das damals ein Spaß!«

»Bitte«, wimmerte Kwysiak. »Bitte, lassen Sie mich. Bitte!«

Das Gesicht verzog sich zu einem Grinsen. »Aber natürlich lasse ich Sie. Was denken Sie denn? Soll ich mir an ihnen die Finger schmutzig machen?« Er begann zu lachen. »Ich lasse Sie in Ruhe, alter Teufel. Einfach in Ruhe. Sie werden hier hübsch hängen bleiben, bis der Frost ihnen die Finger an ihr verdammtes Reck klebt. Vielleicht lassen Sie aber auch irgendwann einfach los und zertrümmern sich Ihren verfluchten alten Schädel auf dem Boden. Die Ratten werden sie hier wimmern hören. Sonst keiner. Zwei Dinge sind sicher: Ich bin fett und ein Versager, aber ich werde hier weggehen. Und Sie sind alt und gelähmt, und Sie werden hier bleiben.«

»Ihre Zeitung ... Ihre Geschichte! Was werden sie denen erzählen? Verdammt, Mann, kommen Sie doch zur Vernunft, das kommt doch alles raus!« Ächzend griff Kwysiak mit den Händen um. Seine Finger schmerzten.

Reiff zuckte mit den Schultern. »Kein Mensch hat uns zusammen gesehen. Ich werde einfach erzählen, dass ich Ihnen am Telefon gesagt habe, wo wir morgen die Aufnahmen machen wollen. Da wird man halt denken, es habe Sie eine lang verschüttete Sehnsucht gepackt und Sie seien schon mal auf eigene Faust los zu Ihrer alten Wirkungsstätte.«

Sein rundes Gesicht kam wieder ganz nahe. »Das wird das Thema meines nächsten Artikels sein: Ein alter Krüppel stirbt, weil er sich selbst nicht mehr helfen kann. Olympia, das war einmal ...«

Ihre Nasenspitzen berührten sich fast. Ohne Brille erkannte Kwysiak ihn nur verschwommen. »Du faules, fettes Schwein«, ächzte der Alte und kniff die Augen angriffslustig zusammen »Wer sagt ... dass ich mir ... nicht mehr alleine helfen kann ...«

»Was willst du tun, alter Mann? Mir Angst machen? So wie früher?« Der Spott wich aus seiner Stimme, als er sah, dass in Kwysiak mit einem Mal etwas vorging. Die Kiefer begangen zu mahlen, die Lippen wurden fest zusammengekniffen und die faltigen Augen schlossen sich.

Ehe Reiff reagieren konnte, riss der Alte seinen Oberkörper mit der Kraft seiner beiden gesunden Arme empor und stemmte ihn hoch über das Reck.

Reiff sah staunend den stahlharten Ausdruck im Blick des Alten. Aufgebäumt und kerzengerade hatte Kwysiaks Körper trotz der leblos baumelnden Beine etwas Triumphales. Und dann schoss auch schon, als der Oberkörper nach vorne über die Stange klappte, mit unglaublicher Geschwindigkeit der kahle Schädel auf ihn zu und donnerte von oben ungebremst auf seinen Kopf.

In Reiffs Gehirn explodierte ein Feuerwerk. Er taumelte nach vorn, strauchelte, versuchte noch, sich irgendwo am Reck festzuhalten, und stürzte zentnerschwer auf den morschen Fußboden, der unter seinem Gewicht barst und wegsackte.

Dann war es minutenlang still, bevor erneut das kreischende Geräusch von draußen hereindrang.

Reiff schmeckte Blut und spürte, dass er nicht imstande war sich zu bewegen. Zwischen einzelnen Holzsplittern hindurch, die direkt vor seiner gebrochenen Nase aus dem Turnhallenboden aufragten, erkannte er den Körper des alten Mannes, der neben dem umgestürzten Rollstuhl auf dem Boden lag. Reglos. Tot.

Aus dem Mund stieg kein Atem mehr in die Winterluft hinauf, aber um die Mundwinkel herum hatte sich ein zufriedenes, triumphierendes Lächeln gelegt. Ein letzter Siegestaumel, der sich in sein Gesicht gegraben hatte und nie mehr vergehen würde.

»*Kleiner, fetter Uli, jetzt los, hopp, häng da nicht so rum ...*«, hörte er wie aus weiter Ferne eine Männerstimme. Und dreiundzwanzig Augenpaare starrten ihn belustigt und spöttisch an und riefen seinen Namen.

Dann färbte sich das Bild rot und ihm schwanden die Sinne.

Rutschpartie

Ein neuer Satz Winterreifen. Ein Vermögen angesichts der Tatsache, dass sie auf einen der klapprigsten VW-Busse aufmontiert worden waren, die auf Gottes Erdenrund herumknatterten. Aber bald wird alles anders. So dachte ich, lauschte dem rhythmischen Klappern der losen Rückbank, dem Jaulen des defekten Warmluftgebläses und dem Radio, das mich, je nach Stimmungslage, mit ein paar akustischen Fetzen von *Morgen Kinder, wird's was geben* fütterte. Etwas anderes als WDR 4 brachte das Gerät ohne Antenne und inmitten dieses Schneegestöbers leider nicht zustande. Vielleicht sollte ich mit allem warten, bis das Wetter aufklarte. Ich verwarf den Gedanken wieder und schaltete krachend einen Gang zurück. Ich konnte schließlich nicht noch ein Jahr warten.

In diesem Augenblick – ich hatte vor wenigen Minuten erst die Autobahnauffahrt bei Blankenheim rechts liegen lassen – überholte mich ein Kleinwagen. Er tauchte aus der weißen Flockenhölle auf und verschwand sofort wieder ein paar Meter vor mir, ohne dass ich die Fahrzeugfarbe hätte erkennen können. Idiot! Würde mich gar nicht wundern, wenn er am nächsten Baum kleben würde!

Ich steckte mir eine Zigarette an. Glücklicherweise funktionierte wenigstens der Zigarettenanzünder. Noch vor einer Stunde hatte es nicht so ausgesehen, als hätte der Wetterbericht einmal Recht behalten, doch ich musste neidlos eingestehen, dass die Jungs mit ihrer Raterei diesmal nicht so ganz danebengelegen hatten. Normalerweise wäre ich unter diesen Umständen hübsch zu Hause geblieben, so wie es der Idiot von vorhin auch hätte tun sollen. Der hatte wahrscheinlich noch nicht mal Winterreifen drauf. Das waren doch immer dieselben, die ...

Etwas Winkendes tauchte vor mir aus dem Schneechaos auf. Etwas Rotes, Winkendes, neben einem Auto, dessen Heck aus dem Straßengraben herausragte.

Ich trat auf die Bremse und meine kostbaren Winterreifen bestanden ihre erste Bewährungsprobe. Auch wenn ich drei Kurven vorher nicht einmal die Farbe des Autos hatte erkennen können, war ich mir sicher, dass es der Überholkünstler von vorhin war, der jetzt neben dem Wrack seines Kleinwagens herumtanzte und aufgeregt winkte. Er war tatsächlich von oben bis unten in Rot gehüllt, trug einen langen, weißen Bart und – Sie haben es erraten! – er schleppte einen Sack. Ich schlug den Mantelkragen hoch und sprang in den tobenden Winter hinaus. Im Lichtkegel meiner Scheinwerfer trafen wir aufeinander – der Weihnachtsmann und ich.

»Sind Sie verletzt?«, rief ich.

Seine Stimme passte nicht zu seinem Outfit. Jung und krächzend. Wahrscheinlich verdeckte der Rauschebart eine postpubertäre Akne. »Mein rechtes Bein tut höllisch weh, und ich kann meine linke Hand nicht richtig bewegen!«

»Ist noch jemand im Auto? Der Hans Muff vielleicht?«

Er schüttelte den Kopf. Ich half ihm zum VW-Bus, der geduldig vor sich hintuckerte. Auf der Rückbank, so bot ich ihm an, würde er sich langmachen können. Als ich ihn von seinem voluminösen Gabensack befreien wollte, wehrte er vehement ab. »Das geht schon! Lassen Sie nur!«

Ich half ihm beim Einsteigen so gut es ging, schloss mit Wucht die Seitentüre, umrundete mein Fahrzeug und stieg auf der Fahrerseite wieder ein. Die Heizung war keine Offenbarung, aber in Anbetracht des Wetters rundherum leistete sie Erstaunliches.

»Ich drehe und dann fahren wir ins Krankenhaus nach Mechernich«, erklärte ich, verfluchte innerlich die Tatsache, dass mein ganzer schöner Plan im Eimer war, und blickte in den Rückspiegel. Ich sah mehrere Dinge gleichzeitig: Auf der unkostümierten Stirn des Weihnachtsmannes entdeckte ich die schon vermutete Akne und aus dem prallen Leinensack, der erstaunlich leicht zu sein schien, da er auf dem verletzten Bein ruhte, flatterten Geldscheine heraus. In der behandschuhten Rechten hielt mein Fahrgast einen Revolver, der auf mich gerichtet war.

»He, was soll das?«, entfuhr es mir, wo doch alles so offensichtlich war.

»Wir fahren los«, quäkte er. Es klang unsympathisch und unweihnachtlich. »Wo's hingeht, erfährst du dann schon.«

»Was ist mit dem Auto?«, fragte ich, während der Wagen langsam losrollte.

»Geklaut. Waren keine Scheiß-Winterreifen drauf!«

»Man sollte an alles denken.«

»Schnauze!«

Wir fuhren eine Weile schweigend, die steinalten Scheibenwischer kämpften vor unseren Augen einen aussichtslosen Kampf mit den Schneegeschwadern.

»Rechts!«, herrschte mich der Weihnachtsmann an. »Richtung Schleiden.«

Ich folgte widerstandslos. Seine Waffe war ein überzeugendes Argument. Vor uns tauchten Lichter auf. Blankenheim-Wald schälte sich schemenhaft aus dem Gestöber.

»Auch 'ne Zigarette?« Ich deutete auf meine Packung, die auf dem Armaturenbrett hin und her rutschte.

»Okay.« Er gab sich Mühe, es lässig klingen zu lassen. Vorsichtig reichte ich sie nach hinten. Er nahm eine, ich fischte mir ebenfalls eine heraus und schaltete den Zigarettenanzünder an.

»Ich fahr' dich ja, wohin du willst, aber nur mal aus Neugier: Wo hattest du denn deinen einträglichen Weihnachts-Job?« Es war einen Augenblick still, so als überlege er, was er mir gefahrlos anvertrauen könne.

»In der Nähe von Euskirchen. Die haben vielleicht Augen gemacht ... Riesen-Supermarkt ... Langer Samstag vor Weihnachten, na ja, da kommt schon was zusammen.«

»Kann ich mir vorstellen«, murmelte ich. »Und jetzt? Ab ins Ausland? Da fahren wir aber einen Umweg.« Ich merkte sofort, dass ich den Bogen überspannt hatte.

»Halt jetzt die Klappe und konzentrier' dich aufs Fahren. Den Rest kannst du morgen in der Zeitung lesen ... wenn du tust, was ich sage.«

Verärgert darüber, dass ich so schnell übers Ziel hinausgalloppiert war, schwieg ich und lauschte wieder den vielfältigen Geräuschen des Autos.

In diesem Moment stieg mir ein unangenehmer Geruch in die Nase. Etwas schmorte. Etwas knisterte. Der Zigarettenanzünder! In Sekundenschnelle entwickelte sich eine kleine Rauchwolke, die aus dem Armaturenbrett aufstieg.

»Verdammte Scheiße!«, rief er. »Deine verdammte Karre brennt!« Seine Stimme überschlug sich vor Panik.

Mein Auto hielt täglich neue Überraschungen für mich bereit. Dinge wie ein geröstetes Armaturenbrett ließen mich kalt. Ich lenkte mit Links und zupfte mit der Rechten kaltblütig den kläglichen Rest des Zigarettenanzünders heraus. Er glühte. Es war verteufelt heiß, aber harmlos.

Dann sah ich meine Chance! Der Weihnachtsmann war abgelenkt. Ängstlich beobachtete er den Brandherd, ob nicht doch noch das ein oder andere Flämmchen aufzüngelte. Wir erreichten Milzenhäuschen, ich lenkte nach rechts und stieg in die Eisen. Die neuen Winterreifen leisteten mir einen zweiten unbezahlbaren Dienst. Wir kamen abrupt zum Stehen. Hinter mir löste sich die Rückbank aus ihrer Halterung und polterte mitsamt dem aufheulenden Weihnachtsmann zu Boden. Ein Schuss löste sich und schlug irgendwo durch das Dach.

Mit einem Satz war ich hinten. Während ich mit der Rechten die Türe aufriss, tastete meine Linke nach der Waffe, die unter den Beifahrersitz gefallen war. Mein Fahrgast rappelte sich wieder auf.

»Gib mir sofort die Knarre wieder, du Armleuchter!«, keifte er und wollte zu einem Faustschlag ausholen, als offenbar heftige Schmerzen seinen Arm durchfuhren. Ich packte ihn am weißen Kunstpelzrevers und schleuderte ihn mit einem Ruck aus dem Auto. Fluchend landete er am Straßenrand. »Du elender Mistkerl!«, schrie er und rappelte sich auf.

Ein Blick aus den Augenwinkeln zeigte mir, dass auch im *Privatclub Milzenhäuschen* das neue Ladenschlussgesetz in Kraft getreten war. Rotes Licht schickte seinen warmen Schein in die kalte Winternacht. Ich griff mir zwei Hunderter aus dem knisternden Kartoffelsack und warf sie meinem Passagier in die Kälte hinaus. »Hier! Kauf dir was Warmes!«, rief ich, beschloss, angesichts seiner rüden Manieren auf ein Dankeschön bezüglich des Sacks und auf frohe Weihnachtswünsche zu verzichten, und zog die Türe ins Schloss.

Der Weihnachtsmann rutschte aus und fiel wieder hin und ich brachte den Wagen in Bewegung, fuhr los und beobachtete im Rückspiegel, wie die wütende, rot gekleidete Gestalt kleiner und kleiner wurde und schließlich im Schneegewirbel verschwand. Es sah fast so aus, als habe man die Szene unserer ersten Begegnung vor einer Viertelstunde rückwärts laufen lassen.

Ich sah auf die Uhr. Alles in allem hatte ich etwa eine halbe Stunde verloren. Ich hätte mühelos in Sistig in meine alte Richtung abbiegen können – aber wozu? Zwischen den Trümmern meines Rücksitzes waren Geldscheine verstreut. Es waren Zehner, Zwanziger, Fünfziger, ich sah Hunderter, Zweihunderter, Tausender. Was mochte an so einem Tag nach Kassenschluss in einem Supermarkt zusammenkommen? Vielleicht sogar mehr als in einem Möbelhaus. In dem Handgemenge waren die Scheine bis nach hinten auf die Kiste mit der Schweißausrüstung geflattert, hatten die Butterbrotsdose mit dem Stapel Brote für die lange Nacht am Tresor und die Thermoskanne zugedeckt.

Ich beschloss nach Hause zurückzukehren, das Geld einzusammeln, das Werkzeug in den Keller zurückzubringen und mir zu den Broten ein leckeres Bierchen zu genehmigen. Und morgen, da würde ich vielleicht versuchen, das Einschussloch im Autodach zu flicken, denn irgendwie war mir die alte Karre nach diesem gemeinsamen Erlebnis doch ans Herz gewachsen. Und schließlich hatte ich ja auch diesen kompletten Satz neuer Winterreifen.

Im elften Stock

mit Friedhelm Tröbel

Wenn Friedhelm Tröbel in Helenas Gegenwart einen seiner Hustenanfälle bekam, dann sah er noch komischer aus als sonst, und das wollte bei einer Witzfigur seines Formats wirklich etwas heißen.

Tröbel machte viele komische Dinge. Er näselte und schnaufte beständig und benutzte ein unglaubliches Deo, um das sich die internationale Chemiewaffenbehörde längst einmal hätte kümmern sollen. Er trug mit Vorliebe Pullunder in grellen Farben, die bei empfindlichen Zeitgenossen unter Umständen zur sofortigen Erblindung hätten führen können, und pflegte alle paar Minuten mit zwei Fingern seine Hornbrille den Nasenrücken hinaufzuschieben. Wenn er geräuschvoll den Kaffee schlürfte, hielt er stets affig die flache Hand unters fliehende Kinn, und mindestens einmal jede Viertelstunde zog er sich mit der rechten Hand den schmierigen Seitenscheitel nach, wobei seine weißen, dünnen Finger wie ein Quartett blasser Ballettschwuchteln regelrecht die Scheitellinie entlang zur Stirn hinuntertänzelten.

Tröbel war einfach eine unglaublich komische Figur – für denjenigen, der Sinn für eine gewisse Art von Humor hatte.

Er war allerdings überhaupt nicht lustig, wenn er versuchte Witze zu erzählen. Und Tröbels Anblick war auch überhaupt nicht komisch, wenn man ihm beim Verschlingen seines Pausenbrots zusehen musste oder wenn er nach dem letzten Bissen für einen Moment innehielt, angestrengt hinter den Brillengläsern die Augen aufriss, so dass sie groß und formlos wurden wie die einer Stubenfliege, und auf den erlösenden Rülpser wartete, den er dann zwischen den Zähnen durchzischen ließ.

Ein stilles Vergnügen war es für Helena, wenn Tröbel an warmen Sommertagen kaum noch wusste, in welche Richtung er seinen Fliegenblick schweifen lassen sollte, ob er aus dem Bürofenster auf den Parkplatz elf Stockwerke unter ihnen gaffen sollte, ob er ganz intensiv den Wandkalender auf seine Richtigkeit prüfen oder den Zeiger der Uhr verfolgen sollte, kurzum, wenn er sich vor lauter Scham nicht mehr getraute zu ihr hinüberzugucken, nur weil sie ein trägerloses Top oder ein nabelfreies Shirt trug.

Tröbel war unverheiratet und ungebunden, betrat das Bürogebäude fast immer als Allererster und verließ es erst, wenn alle anderen schon längst weg waren, und Helena hielt es durchaus für möglich, dass er in Ermangelung jedweder sexueller Erfahrungen ihren gepiercten Bauchnabel mit einer wesentlich pikanterem Stelle ihres Körpers verwechseln könnte. Wenn sie die Brust vorreckte, oder den Rücken dehnte, saß er sehr verkniffen auf der anderen Seite des Doppelschreibtischs und nahm eine gekrümmte Haltung ein, vermied jede Bewegung und gestattete seinen Ohren von Zeit zu Zeit, in leuchtendem Karmesin zu erstrahlen.

Das Größte aber, da gab es für Helena keinen Zweifel, waren die bereits erwähnten infernalischen Hustenanfälle. Da konnte man fast eine gewisse Achtung vor der komischen kleinen Figur entwickeln. Eine einzige Geste Helenas reichte völlig aus, um ein Kabinettstückchen der Schauspielkunst in ihrem kleinen Zweimannbüro aus dem Hut zu zaubern. Sie brauchte sich nur entspannt im Drehsessel zurückzulehnen, den linken Arm in den Nacken zu legen und mit der Rechten in gespielter Geistesabwesenheit die obere Schublade ihres Schreibtisches zu öffnen. Dann vollzog sich augenblicklich in der gekrümmten Gestalt im orangefarbenen Pullunder eine regelrechte Eruption. Ein Räuspern, langsam anschwellend, in immer kürzer werdenden Intervallen, ein Griff an den Krawattenknoten und den darunter befindlichen obersten Hemdknopf, ein Zerren und Ziehen, jedoch keinesfalls das Öffnen desselben, ein trockenes, krächzendes Husten, das aus dem Räuspern erwuchs, der sich öffnende Mund, die gelben Zähne, das Keuchen, der Regen kleiner Tröpfchen, der auf den Antrag, das Dossier, das Formblatt oder schlicht und ergreifend auf die Schreibtischunterlage niederging, und schließlich das ermattete Zurücksinken im Bürostuhl, wenn Helena ihm ein entschuldigendes Lächeln schenkte, die Packung Gauloises und das Feuerzeug aus der Schublade griff und sich unverzüglich von ihrem Sitz erhob und auf die Bürotür zustrebte.

»Der Rauch«, so hatte Tröbel zu Beginn ihrer Zusammenarbeit geröchelt, als sie noch nicht begriffen hatte, dass es hier um die grundsätzliche Basis der gemeinschaftlichen Büroarbeit ging, »der klebt in allem drin. Der fängt sich im Schrank, im Schreibtisch, der wühlt sich in meinen neuen Pullunder und macht die Fensterscheiben gelb!«

»Kein Problem«, hatte sie damals erschrocken geflüstert, als sie beobachten musste, dass er auf der anderen Tischseite gestikulierte wie ein Philharmoniedirigent, als sie wie gebannt auf die dunklen Schweißflecken in seinen Achselhöhlen starrte und auf seinen verzerrten Mund, aus dem eine Predigt biblischen Ausmaßes hervorquoll. »No problem, Herr Tröbel, Sie sind Nichtraucher. Keine Schwierigkeit. Es gibt ja die Kantine.«

Aber sie hatte den Kern des Problems nicht erfasst. »Eine solche Zigarette«, deklamierte er schrill, »eine einzige solche Zigarette, nicht einmal ganz zu Ende geraucht, versaut hier alles. Die hübsche Einrichtung, den feinen neuen Laminatboden, alles, alles, alles. Das geht nie mehr weg.« Auf seiner Stirn hatten Schweißperlen gestanden. Er faselte weiter. Vom Ficus Benjamini, von den Vorhängen und vom kaputten Deckenventilator, aber Helena hatte an dieser Stelle bereits abgeschaltet und war verstummt angesichts der sich offenbarenden Tatsache, dass Friedhelm Tröbel ein Irrer war, der in diesem Büro wahrscheinlich weitaus besser aufgehoben war als an irgendeinem anderen Ort der Welt, wo er unter Umständen echten Schaden anrichten konnte.

Also hatte Helena beschlossen, in Zukunft keinen Anlass mehr für ein weiteres Ungewitter dieser Art zu bieten, und genoss jetzt nur noch zwei, drei Mal am Tag das grandiose Schauspiel, das sich bei ihrem Griff zur Zigarettenpackung auf der kleinen Einmannbühne vor ihr entfaltete. Wenn sie wenig später zurückkehrte und einen unvermeidlichen Hauch aus der vollgequalmten Kantine mit sich führte, röchelte Tröbel für gewöhnlich noch eine Weile herum, glitt jedoch ohne weiteres Palaver langsam wieder in seine Verpuppung zurück, in der er für den Rest des Tages Zahlenkolonnen überprüfte und Anträge abstempelte.

Eine Zusammenarbeit dieser Art basierte auf einem stillschweigenden Arrangement. Helena konnte das ertragen. Der Job, den sie zu erledigen hatte, ging ihr gut von der Hand und sie arbeitete zielstrebig auf den Feierabend hin, an dem ihr wirkliches Leben erblühte. An Tagen, an denen sie sich nicht gut fühlte, genügte ein Blick auf die andere Seite des Tisch-Ozeans und es ging ihr rasch besser. Kein Ding auf der Welt ist so übel, dass es nicht noch als schlechtes Beispiel dienen könnte. Das Leben im Büro war ein träger Fluss, der am Leben draußen vor der Glasscheibe trübe vorbeidümpelte.

Was jedoch am Ende des Sommers passierte, hatte man nicht vorhersehen können. Mit allem hätte Helena gerechnet. Damit, dass es jemandem gelingt, die Kontinentaldrift rückgängig zu machen, damit, dass es in der Hölle schneit, aber nicht damit, dass ihr das mit dieser einen Stunde passierte.

Eine Stunde, die alles veränderte. Eine Stunde, die man ihr im Frühjahr schmerzlich entwendet hatte und auf deren Wiedererlangung sie sich monatelang gefreut hatte. Und dann war es doch passiert: In montäglicher Panik, wie fast immer auf den letzten Drücker, war sie aus dem Bett gesprungen und hatte in den darauf folgenden zehn Minuten fast alles simultan erledigt: Toilette, Zähne, Kämmen, Klamotten, Müsli, auf dem Weg zum Auto die erste Kippe. So begann jede Woche seit nahezu drei Jahren. Helena war zu der Erkenntnis gelangt, dass es so gut wie keine sinnvollen Kriterien gab, die dazu dienen konnten, die Menschheit in zwei Gruppen einzuteilen. Der einzig wirklich grundlegende Unterschied lag zwischen Frühaufstehern und Langschläfern.

Beim Ertönen der Nachrichten aus dem Autoradio stutzte Helena, um gleich darauf in ein leises Lachen auszubrechen. An diesem Morgen war genau das passiert, was sie nie für möglich gehalten hätte: Sie hatte das Ende der Sommerzeit und die herbeigesehnte Umstellung der Uhr schlicht und einfach verpennt. Jetzt befand sie sich in ihrem Fiat Panda nur noch etwa zweihundert Meter vom Bürogebäude entfernt und lief tatsächlich Gefahr, vor allen anderen Kollegen im Büro zu sein. Mit einem Mal registrierte sie, dass der Verkehr um sie herum viel dünner floss, als es in einer Stunde der Fall sein würde. Sie kurbelte die Seitenscheibe herunter und ließ kühle Herbstluft hereinwirbeln. Ein Gefühl von Abenteuerlust hatte sie gepackt. Sie war plötzlich sehr neugierig auf das Büro, das noch im Schlummer liegen würde.

Auf dem Parkplatz herrschte gähnende Leere. Helena kicherte amüsiert bei dem Gedanken daran, dass ihr an normalen Tagen, wenn nicht gerade wie heute die Gesetze von Zeit und Raum auf den Kopf gestellt waren, oft nichts anderes übrigblieb, als das Auto am Straßenrand abzustellen, wo sie dann, mit wechselndem Erfolg, ein Protokoll riskierte. Heute war alles anders. Sie drehte erst einmal sehr aufgekratzt eine komplette Runde, bevor sie sich für einen der vielen freien Parkplätze entschied. Sie wählte einen in der Mitte des Parkplatzes aus, weil sie sich sagte, man müsse ja schließlich nichts übertreiben.

In der Pförtnerloge stand eine Tasse dampfender Kaffee auf dem Schreibtisch. Der alte Pförtner war nirgendwo zu sehen. Aus der Ferne erklang eine Klospülung. Rasch eilte Helena zum Aufzug. Wenn sie einander um diese Uhrzeit begegnet wären, hätte der Pförtner sie bestimmt ausgelacht. Dafür war die Situation zu eindeutig. Der Aufzug war leer, der Flur im elften Stock war leer, in der Teeküche hantierte niemand, keine Computertastatur klapperte, kein Radio dudelte, kein Ton war zu hören.

In ihrem Büro saß zum ersten Mal, seit sie denken konnte, Friedhelm Tröbel, als sie eintrat, nicht an seinem Platz und musterte sie mit seinem nicht zu deutenden Fliegenblick. Die Situation war für Helena so ungewohnt, dass sie sich erst einmal auf ihrem Bürosessel niederließ, die Hände in den Schoß legte und die Stille und die Unbeweglichkeit des Raumes auf sich wirken ließ.

Alles war an seinem Platz. Zumindest auf der Seite des Raumes, die sie betrachtete. Und alles sah auch genau so aus, wie man sich ein Büro vorstellt. Der Abreißkalender, der Ficus, das Gießkännchen. Und trotzdem fehlte Tröbel in diesem Ensemble. Es war, als habe man aus einem Puzzlespiel das zentrale Steinchen entfernt.

Dann lockte sie plötzlich die Gefahr. Jetzt, wo sie in diesem Raum so völlig allein und ohne Beaufsichtigung war, konnte es eigentlich nicht schaden, sich Tröbels Schreibtisch ein wenig genauer anzusehen. Noch nie war es ihr gelungen, einmal einen Blick in das Innenleben der Schubladen und Fächer zu erhaschen. Was würde dort auf sie warten? Was verbarg er hier so erfolgreich vor den neugierigen Blicken seiner Umwelt? Sammelte er Apfelsinenaufkleber, Straßenbahnfahrscheine oder vielleicht sogar vergilbte Pornoheftchen aus den Siebzigern? Bewahrte er in seinen Schubladen Skalps auf oder Stapel von unscharfen Polaroids, geschossen durch offen stehende Badezimmerfenster oder unter öffentlichen Toilettentrennwänden her? All das hätte sie Tröbel zugetraut.

Und doch war das, was sie schließlich vorfand, als sie mit ängstlicher Langsamkeit die erste Lade aufzog, völlig ernüchternd. Lineale und Bleistifte, Büroklammern und Heftzwecken, alles geordnet und eingedost, alles an dem dafür vorgesehenen Ort. Das mit weitem Abstand Spannendste, was sie entdeckte, als sie weitersuchte, war ein dicker Stapel glatt gestrichener Alufolie, die sich nach Tröbels jahrelangem Verzehr von Pausenbroten angesammelt hatte. Er füllte beinahe die ganze zweite Schublade.

Bei Tröbel handelte es sich einfach um einen Büroklammerfetischisten und ein pedantisches Arschloch – das hatte ihre Durchsuchung ergeben. Helena seufzte betrübt, als sie den Stuhl wieder an den Schreibtisch schob. Das hatte sie schon vorher gewusst.

Ein Blick auf die Uhr zeigte ihr, dass die Zeit unaufhaltsam voranschritt. Bald würde alles sein wie immer und bald wäre der Zauber dieser einzigartigen Stunde vorbei. Sie griff beinahe mutlos nach ihren Zigaretten und wollte sich gerade aufmachen, um in der Stille der Kantine noch eine zu qualmen, bevor die anderen kamen, als sie plötzlich erkannte, dass es sehr wohl noch etwas gab, das sie niemals wieder tun würde, wenn sie nicht diese eine Gelegenheit beim Schopf ergriff.

Noch nie zuvor hatte sie das Fenster geöffnet. Der Griff lag auf Tröbels Seite des Raumes. Sie entriegelte es mit einer kurzen, lockeren Bewegung aus dem Handgelenk. Es schwang fast geräuschlos auf und die Kühle des Herbstmorgens schwoll in den Raum.

Noch nie zuvor hatte sie das Zigarettenpäckchen und das Feuerzeug aus ihrer Schublade gekramt, ohne sofort darauf den Raum zu verlassen. Heute blieb sie, fischte, hinter ihrem Schreibtisch stehend, eine Zigarette aus der Packung, ließ das Feuerzeug aufflammen und genoss das leise Knistern, mit dem der Tabak in Brand geriet. Dann inhalierte sie tief und blies den Qualm übermütig in den Raum.

Noch nie zuvor hatte sie am offenen Fenster ihres Büros gelehnt und geraucht. Heute war es soweit.

Helena blickte in die Tiefe auf den Parkplatz. Die ersten Autos kamen und begannen, die freien Plätze um ihren Panda herum zu besetzen. Merkwürdig. Es gab Hunderte von freien Stellflächen, aber alle gruppierten sich ganz automatisch um die Autos, die bereits dort standen.

Sie hatte beschlossen, die gerade erst halb gerauchte Zigarette aus dem Fenster zu schnippen, als ein leises Geräusch dazu führte, dass ihr Herzschlag für einen winzigen Augenblick aus dem Takt geriet. So also klang es, wenn Friedhelm Tröbel des Morgens sein Büro betrat. Es war ein leises Quietschen, das ertönte, als die Klinke heruntergedrückt wurde, und ein leises Rascheln der Jalousie, die an der Innenseite vor der Glasscheibe hing.

Bevor Helena herumfuhr, wusste sie bereits, was sie sehen würde. Zwei weit aufgerissene Augen hinter fingerdicken Brillengläsern, die versuchten, all das Ungewohnte dieses Morgens mit einem wilden Blick zu erfassen.

Helena riss den Kopf herum und öffnete den Mund, um noch im selben Augenblick eine Entschuldigung zu stammeln. Aber Tröbel ließ sie erst gar nicht zu Wort kommen. Diesmal hustete er nicht. Diesmal ging es nicht darum, eine Warnung auszusprechen oder ein Verbot zu formulieren. Diesmal war etwas geschehen, was nicht hätte geschehen dürfen. Sie hatte seine Abwesenheit benutzt und sein Büro missbraucht und beschmutzt.

Tröbels Blick, der gerade noch starr auf Helena gerichtet gewesen war, wurde unstet. Es hatte beinahe den Anschein, als sei in seinem Hirn soeben etwas ausgehakt, als sich plötzlich hinter den Brillengläsern seine beiden Augen, jedes für sich, in unterschiedliche Richtungen zu drehen begannen.

Helena dachte noch, dass Tröbel dastand wie ein kaputter Roboter, dem gleich eine Sprungfeder aus dem Ohr schießen und dem in wenigen Augenblicken Dampf unter dem mausgrauen Hut hervorquellen würde. Und dann begann sie zu lachen. Es platzte geradezu aus ihr heraus und sie gab sich nicht einmal mehr die Mühe, die Hand vor den Mund zu pressen. Sie hörte erst auf, als Friedhelm Tröbel seine Aktentasche fallen ließ, nach vorne schoss und mit seinen fischigen, weißen Händen ungeahnt kraftvoll gegen ihre Brust stieß.

Helena taumelte zurück und stieß gegen den Fensterrahmen. Ihr Oberkörper glitt nach hinten weg.

Sie wollte noch etwas schreien, aber der Schock schnürte ihr die Kehle zu. Das Letzte, was sie bewusst wahrnahm, bevor sie endgültig den Halt verlor, sich plötzlich einen Lidschlag lang völlig schwerelos fühlte und dann die Gebäudefassade des Bürohauses in einem wirbelnden Strudel sich krümmender und zertanzender Linien und Strukturen an sich vorbeischießen sah, waren Friedhelm Tröbels Augen, die offensichtlich wieder zueinander gefunden hatten und sich mit einem triumphierenden Glanz für immer von ihr verabschiedeten.

Friedhelm Tröbel hatte nun, dank der Verkettung all dieser Zufälle, keine Kollegin mehr. In seinem Kopf wirbelten, während er seine Aktentasche vom Laminatboden aufhob, bereits zahlreiche Gesichter und Namen umeinander, die möglicherweise als Büronachfolger dieser gewöhnlichen kleinen Schlampe in Frage kamen. Jetzt hieß es rasch zu handeln, sonst würde ihn womöglich noch jemand mit ihrem Dahinscheiden in Verbindung bringen. Er musste in aller Eile das Büro verlassen und zum Aufzug zurückgehen. Friedhelm Tröbel konnte von Glück sagen, dass er immer der Erste war, der am Morgen diese Etage betrat.

Ein Unfall.

Ein Selbstmord.

Nichts, was man ihm hätte anlasten können. Er durfte jetzt bloß nicht auffallen, dann konnte ihm nichts passieren.

Da fand er den gemächlich vor sich hinqualmenden Zigarettenstummel, der nicht, wie es eigentlich zu erwarten gewesen wäre, mit seiner Besitzerin die letzte Reise abwärts angetreten hatte, sondern stattdessen in dem nämlichen Moment, in dem Tröbels Hände sich an ihre Brüste gepresst hatten, ihrer Rechten entglitten und unter den Schreibtisch gekullert war.

Tröbel beeilte sich ihn hervorzufischen und überlegte kurz, was zu tun sei. Hinauswerfen konnte er ihn unmöglich. Unten vor dem Gebäude sammelten sich mit Sicherheit die ersten Kollegen um die zertrümmerten Überreste der jungen Frau. Wie sähe es dann aus, wenn plötzlich aus dem Nichts ein halb gerauchter Glimmstängel durch die Luft gesegelt kam? Einen Aschenbecher gab es aus gutem Grund im ganzen Büro nicht und so blieb ihm nichts anderes übrig, als die Zigarette mit sich hinauszunehmen.

Er trug das qualmende Etwas vor sich her wie das olympische Feuer. Als er den Aufzug erreichte, stellte er fest, dass der tragische Unglücksfall vor dem Haus offensichtlich dazu geführt hatte, dass die bereits in ihren Büros erschienenen Kollegen mittlerweile aus ihren Fenstern guckten, die Neuankömmlinge hingegen gar nicht erst ihre Büros aufsuchten, sondern vor dem Haus die Leiche bestaunten. Als Tröbel den Knopf drückte, schob sich fast augenblicklich die metallene dreiteilige Tür zur Seite, hinter der der Fahrstuhl nur auf ihn gewartet zu haben schien.

Mit einem kurzen, schnellen Schritt verließ er den verhängnisvollen Flur, um die Fahrt abwärts anzutreten und sich unten unauffällig unter die Schaulustigen zu mischen. Zuerst aber würde er, so sehr es ihm auch widerstrebte, diesen unseligen Zigarettenstummel ganz einfach auf den Boden des Fahrstuhls fallen lassen und ihn mit einem gezielten Fußtritt zermalmen.

Und plötzlich packte ihn die Neugier. Mit einem Mal hatte er das Gefühl, dass sich ihm hier eine unwiederbringliche Gelegenheit bot, etwas zu tun, was er noch nie getan hatte.

Noch nie zuvor hatte er es gewagt, gegen eines seiner zahlreichen selbst auferlegten Prinzipien zu verstoßen.

Noch nie zuvor hatte er eine solch brennende Neugier auf das verspürt, dem sich so viele Millionen Menschen auf der ganzen Welt tagtäglich hingaben und von dem sie vor lauter Genuss kaum wieder ablassen konnten.

Noch nie zuvor hatte er eine Zigarette geraucht. Heute war es soweit.

Er ließ sich keine Zeit, um es noch einmal in Ruhe zu überdenken. Der Aufzug hatte sich bereits in Bewegung gesetzt und die Kippe musste verschwunden sein, bevor er unten an der Pförtnerloge ankam. Tröbel hob ungelenk den Stummel an seine Lippen, überwand seinen Ekel bei dem Gedanken daran, dass sich noch vor wenigen Augenblicken die Lippen des kleinen Luders um ihn geschlossen hatten, und saugte daran, so wie er es schon so oft bei anderen beobachtet hatte.

Sofort schoss ihm beißender Qualm durch seine Atemwege und fraß sich brennend bis in die winzigsten Verästelungen seiner Lungenflügel. Friedhelm Tröbel hatte das peinigende Gefühl, in seinem Brustkorb finde eine gewaltige Explosion statt.

Er hatte in seinem Leben schon sehr viel und sehr laut gehustet. Es hatte sich zur Gewohnheit entwickelt. Doch was jetzt kam, war nicht zu vergleichen mit dem, was man von ihm kannte. Er hustete los, als wolle er sein Inneres nach außen stülpen. Speichel sprühte in wahren Fontänen durch das Innere des kleinen Fahrstuhls, Tröbel taumelte zurück, stieß mit einem dumpfen, blechernen Klang gegen die Innenwand und krampfte die Hände in den giftgrünen Pullunder über seiner Brust. Er schnappte nach Luft und hustete und schnappte wieder nach Luft wie ein Ertrinkender. Dann sackten ihm die Beine unter dem Körper weg. Seine Linke zerrte an dem Krawattenknoten, um ihn zu lockern. Er brauchte Luft, sonst würde er in diesem winzigen Stahlgehäuse elend ersticken. Doch anstatt die Krawatte zu lösen, schnürte sie sich nur noch enger um seinen Hals, als er an ihr zog und zurrte. Mit der Rechten versuchte er vergeblich, die Etagenknöpfe zu erreichen. Die Brille war ihm von der Nase auf den Boden gerutscht und zersprungen, und als er langsam, Zentimeter um Zentimeter, in die Knie ging und mit der Linken in die Scherben der dicken Gläser griff, spürte er überhaupt nicht, wie die scharfen Kanten in seine weiße Haut schnitten.

Und dann wurde ihm auf schmerzliche Art und Weise bewusst, dass die Zigarettenkippe nun schon ein zweites Mal nicht das getan hatte, was von ihr zu erwarten gewesen wäre. Anstatt auf den Boden zu fallen, war sie in die Tasche seines Lodenmantels gerutscht, war dort auf ein paar zusammengeknüllte Papiertaschentücher getroffen, die die Zigarettenglut gierig aufsaugten und munter vermehrten. Qualm drang aus der Tasche und sengende Hitze breitete sich an Friedhelm Tröbels Oberschenkel aus. Mittlerweile auf allen vieren, drehte er sich auf dem Boden des Fahrstuhls wie ein wild gewordenes Tier um die eigene Achse, hustete trocken, abgehackt und keuchend, riss mit der blutverschmierten Hand an seinem Schlips, lief blau an und versuchte sich den Mantel vom Leib zu reißen, den Notrufknopf zu drücken, versuchte verzweifelt noch ein bisschen weiterzuleben.

Die Leuchtziffern der einzelnen Stockwerke verschwammen vor seinen Augen.

Im zweiten Stock setzte sein Herz aus.

Im ersten Stock ruhten seine Bewegungen mit einem Schlag.

Im Erdgeschoss schob sich fast geräuschlos die Fahrstuhltür auf und gab den Kollegen, die in der Eingangshalle aufgeregt über den Todesfall der jungen Frau aus dem elften Stock debattierten, den Blick frei auf die Leiche von Friedhelm Tröbel, die weißer Qualm umwölkte und die sich alles in allem in einem völlig desolaten Zustand befand.

Lutz und Henning

gehen schwimmen

Lutz und Henning hatten zusammen nur drei Arme und drei Beine. Die beiden Obdachlosen hatten zueinander gefunden, als sie einmal in der Schlafstelle in Frankfurt zwei Kojen nebeneinander belegt hatten. Zusammen, so hatten sie damals herausgefunden, war im Leben vieles leichter.

Sie zogen nun schon zwei Jahren miteinander durch die Gegend und übertrafen sich gegenseitig mit den fantasievollsten Geschichten, wie sie jeweils ihrer fehlenden Extremität verlustig gegangen waren.

Lutz hatte am ersten Abend in der Schlafstelle den Stumpf seines linken Armes in die Höhe gereckt und voller Stolz berichtet, wie ihm in seiner Zeit als Tierpfleger im Hamburger Zoo ein Eisbär mit einem einzigen Biss Hand unter Unterarm vom Körper abgetrennt hatte. Der Eisbär, so konnte sich Lutz erinnern, habe Pelle geheißen, sei ein lebhaftes Jungtier mit einem sehr verspielten Charakter gewesen. Und das mit dem Arm und so, das sei eigentlich eher eine robuste Art des Neckens gewesen.

Henning, auf der Kante seiner miefigen Koje, hatte daraufhin sein lose herabbaumelndes Hosenbein hochgekrempelt, hatte eine ernste Miene aufgesetzt und berichtet, dass er seinerseits den Verlust des rechten Beines knieabwärts einem tragischen Sportunglück zu verdanken habe, bei dem ein mangelhaft verankertes Fußballtor auf dem früheren Übungsgelände des FC Bayern München und acht Mittelfeldspieler beteiligt waren, die Ersteres beim Absolvieren gemeinschaftlicher Klimmzüge zum Umkippen gebracht hatten. Wäre er heute noch beim Verein, würde er es allen so richtig zeigen. Er berichtete auch von Phantomschmerzen und davon, dass er kein Fußballspiel im Fernseher betrachten konnte, ohne dass sein Beinstumpf rotierte wie ein Küchenmixer.

Es war ein traumhaft schöner Junitag, an dem sie im Rheinland unterwegs waren und um das Städtische Schwimmbad einer Kreisstadt herumstrichen. Die Abendluft war sommerlich warm und sie hatten sich überlegt, dass es nicht schaden konnte, im Mondschein einmal in das Becken im Freigelände zu steigen und ein bisschen zu paddeln. Sie hatten sich im Spaß schon allerlei Kunstfiguren nach Art des alten Esther-Williams-Wasserballetts überlegt, um einander vor dem Untergehen zu bewahren.

Ein Loch im Maschendrahtzaun, das ihnen beim abendlichen Herumstreunen aufgefallen war, hatte sie eigentlich erst auf die verwegene Idee gebracht, und wenig später schlichen und humpelten sie bereits über den frisch gemähten Rasen um das Nichtschwimmerbecken herum.

Da entdeckten sie plötzlich eine geradezu einladend aussehende, einen Spaltbreit offen stehende Metalltür in der Wand des angrenzenden Hallenbads. Dahinter war es gespenstisch dunkel und es war nichts zu hören außer dem Rauschen der Pumpen und dem Geräusch der Heizung.

Henning kratzte sich an seinem zotteligen Bart und ließ unternehmungslustig die Augenbrauen in die Höhe tanzen. »Alles dunkel, keiner mehr da. Ich glaube fast, die haben extra für uns offen gelassen. Was meinst du?«

Lutz war der Zaghaftere von beiden, aber auch er kam nach wenigen Augenblicken angestrengten Grübelns zu der Überzeugung, dass es rechtlich kaum einen Unterschied mache, ob man beim Einbruch in ein Frei- oder in ein Hallenbad erwischt würde.

Also nickte er entschlossen und schob Henning voran in die Dunkelheit.

Im Inneren war der Lärm wesentlich lauter. Die Pumpen wälzten geräuschvoll Wasser durch große Rohre, die sie im Schein von Hennings Feuerzeug an der Decke entlanglaufen sahen. Am Ende des großen Raumes entdeckten sie eine Metalltür, auf die Henning entschlossen mit einem Bein und seiner Krücke zusteuerte. Lutz wusste, dass Henning bei solchen Aktionen einfach nicht zu bremsen war.

Hinter der Tür erreichten sie einen gekachelten Gang und sofort umfing sie schwülwarme Luft, erfüllt vom unverwechselbaren Chlorgeruch.

Eine Glastür war beschriftet mit *Männer*. Dahinter befanden sich vermutlich die Duschen. Und gleich daneben war in Fußhöhe an der Wand eine kleine Spritzdüse angebracht. Lutz deutete darauf und flüsterte: »Hier, das musst du unbedingt machen. Gegen Fußpilz. Sonst fault dir der andere auch noch weg.« Sie kicherten albern, als sie in die Duschkabine hineingingen.

»Habe ich dir eigentlich schon mal erzählt, wie mir ein Chirurg im Uniklinikum das Bein abgenommen hat, weil er dachte, ich sei der Typ mit dem Raucherbein? Hinterher hat er dann zugegeben, dass ihm sein Fehler zu spät aufgefallen war, weil er bei der vorherigen OP seine Kontaktlinsen in eine Blinddarmnarbe eingenäht hatte.« Henning schaffte es bravourös, sich auf einem Bein seiner schmuddeligen Klamotten zu entledigen.

Auch Lutz begann, allein mit der Hilfe seiner Rechten, sich seine Hose auszuzeihen. Er sagte: »Und bei mir war es ein Unfall beim McDrive. Ich hatte gerade mein Tablett entgegengenommen, als hinter mir der Firmenwagen einer

Glaserei wie ein Blöder in die Warteschlange brettert. Als er mir hinten auf den Fiesta donnert, löst sich eine Glasscheibe vom Transportbock auf der Ladefläche, segelt nach vorne und rasiert mir den Unterarm samt Patschehändchen und McDonald's-Tablett ab. Zwei McChicken, eine kleine Pommes, ein Milkshake und ein Arm wirbeln durch die Luft. Irgendwie schräg.« Lutz hüpfte splitternackt unter die Dusche und wenige Augenblicke später prasselte der erfrischende Wasserstrahl auf ihn nieder.

Auch Henning stand jetzt unter einer Dusche und seufzte genüsslich, als das Wasser über seinen ausgemergelten Körper floss.

»Und jetzt«, japste Lutz und kratzte sich im Schritt. »Jetzt zeig ich dir mal, wie ein lahmer Krüppel zum wendigen Delphin wird.« Sie rangelten ein wenig, wer es zuerst durch die Tür zur Schwimmhalle schaffen würde, und als sie schließlich lachend und lärmend in das abendliche Zwielicht der großen Halle hineinstrauchelten, verstummten sie augenblicklich und bewegten sich keinen Millimeter mehr von der Stelle, als sie merkten, dass sie nicht alleine waren.

Vor ihnen, am Rand des großen Beckens, stand eine schlanke Frauengestalt, die, nur in ein Handtuch gehüllt, ebenfalls in ihrer Bewegung innehielt und mit geweiteten Augen auf die beiden Eindringlinge starrte. Zwei splitternackte, zottelige Männer, mit zusammen drei Beinen und drei Armen, boten einen wirklich seltsamen Anblick. Wie sie da standen und einander stützen und festhielten, in ihrer Bewegung erstarrt, sahen sie ein bisschen so aus wie ein antikes Zwillingsstandbild, dem jemand hie und da was abgeschlagen hatte.

Das Staunen hatte allerdings für Lutz und Henning noch kein Ende genommen, denn hinter der jungen Frau erkannten sie etwas, das im Wasser trieb. Einen Körper. Sie sahen aus der Schwärze des Wassers im Schein der Straßenlaterne einen weißen Rücken und zwei glänzende Pobacken herausragen.

»Das ist der Bademeister«, sagte die Frau und ihre Stimme bebte. »Er ist tot.«

Das Erste, was Henning herausbrachte, war »Gott sei Dank«, und da das sehr herzlos klang, schickte Lutz, der wusste, was sein Kumpel meinte, hinterher: »Wir beide hätten ihn wahrscheinlich nur schwer retten können. Jetzt kann ja nichts mehr schief gehen.«

Die junge Frau schluchzte. Henning suchte verzweifelt mit den Blicken nach etwas, mit dem er seine Blöße bedecken konnte. Genau wie Lutz hatte er nur eine Hand zur Verfügung, da er sich am Türrahmen abstützen musste, um nicht umzukippen.

»Wie ist das passiert?«, fragte Lutz.

Die junge Frau flüsterte: »Ich war heimlich schwimmen. Er hat mich überrascht und versucht ...«

»Was denn?« Manchmal war Henning schwer von Begriff.

»Er wollte mich ...« Sie begann haltlos zu schluchzen und ihre zierliche Gestalt beugte sich nach vorne. Keiner von den beiden traute sich, zu ihr hinzugehen und sie zu trösten.

»Können wir dir helfen?«, fragte Henning zaghaft. »Sollen wir die Bullen rufen?«

Die Frau fuhr hoch und schüttelte den Kopf. »Um Himmels willen, nein! Die buchten mich ein. Er ist ausgerutscht, mit dem Kopf am Beckenrand aufgeschlagen und dann ins Wasser gekippt. Das habe ich doch überhaupt nicht gewollt. Das ist doch am Ende Totschlag oder so was. Und das nur, weil mich dieser Mistkerl befummeln wollte.«

Stille kehrte ein. Sie betrachteten einander und versuchten im Zwielicht gegenseitig ihre Blicke einzufangen.

»Was ist mit euch passiert?«, wollte sie wissen. »Warum seid ihr so ... unvollständig?«

»Fremdenlegion«, sagte Lutz kurz angebunden.

»Sprengung im Steinbruch«, kam es ungewöhnlich knapp von Henning.

»Tut ihr mir einen Gefallen?«

Die beiden nickten eifrig. Das Wasser tropfte ihnen aus den Bärten.

»Lasst ihn irgendwo verschwinden. Dann türmen wir und keiner hat was mitgekriegt.«

Solche Entscheidungen trafen Lutz und Henning sehr häufig in stiller Eintracht, ohne ein einziges Wort miteinander zu wechseln. Auch diesmal.

Sie nahmen in einer plötzlichen Aufwallung von Ritterlichkeit und Hilfsbereitschaft einfach keine Rücksicht mehr darauf, dass sie völlig nackt waren, und bewegten sich ungelenk zum Beckenrand. Hier galt es einer hübschen, jungen Frau zu helfen. Was hinderte sie da ihr Adamskostüm.

»Wir holen ihn erst mal raus«, beschied Lutz. Er fand eine metallene Stange mit einem Haken daran und versuchte, nach der nackten Leiche zu fischen. Aber der Tote war ein paar Zentimeter zu weit vom Rand abgetrieben. So sehr Lutz sich auch abmühte, er schaffte es nicht ihn zu erreichen.

Henning erklomm inzwischen das Einmeterbrett. Hüpfend bewegte er sich auf dem federnden Untergrund nach vorne, bis er das Ende erreicht hatte und nun ganz in der Nähe der Leiche über dem Wasser schwebte. Er legte sich flach auf den Bauch und streckte den Arm aus. Aber auch ihm fehlten noch einige Zentimeter.

Lutz folgte ihm auf das auf und ab wippende Brett, ging auf die Knie, stocherte mit der Stange in der Tiefe, erreichte tatsächlich den leblosen Körper, fand Halt und zog. In diesem Moment allerdings verlor er das Gleichgewicht und sackte langsam seitlich weg. Als er sich instinktiv mit Hilfe der Stange auf dem Toten abstützte, tauchte dieser unter Blubbern und Glucksen weg und Lutz hing für einen Moment waagerecht in der Luft, an den Füßen gepackt von seinem Kumpel Henning, den Armstumpf zappelnd in die Luft gestreckt.

Und dann fielen beide ins Becken.

Die junge Frau hatte während dieser ganzen Unternehmung am Beckenrand gestanden, hielt die Zipfel des Badetuchs fest vor der Brust verschlungen und starrte gebannt auf die clowneske Einlage der beiden Männer. Sie war viel zu fasziniert um einzugreifen oder gar zu helfen.

Henning tauchte als Erster wieder auf. Die Haare seines langen Barts breiteten sich wie ein Fächer auf der Wasseroberfläche aus und er prustete und keuchte. Dann kam Lutz hoch und im Halbdunkel war zu erkennen, dass er sich an die nackte Leiche des Mannes klammerte. Als er merkte, dass es der Tote war, den er mit seinem einzigen Arm umschlungen hielt, und nicht sein Freund Henning, ließ er mit einem leisen Schrei los und tauchte gleich wieder ab. Es dauerte eine Weile, bis Henning ihn unter Wasser zu packen bekam und wieder zu sich hochzog – aber dann war die Situation stabilisiert.

Unter großen Mühen gelang es ihnen, den Toten an den Beckenrand zu bugsieren, wobei Lutz mit kräftiger Beinarbeit am hinteren Ende den Außenbordmotor spielte und Henning vorne mit seinen muskulösen Armen lenkte. Drei nackte Leiber pflügten im Dunkel durch das Wasser, aneinander geknüpft wie ein menschlicher Ponton.

»Ich heiße Inga«, sagte die junge Frau, als sie später im Schneidersitz um die auf dem Bauch liegende Leiche herum auf dem Kachelboden saßen. Ihr Handtuch war heruntergerutscht. Auch ihr war mittlerweile völlig gleich, ob sie in Gegenwart der beiden Männer bedeckt war, oder nicht.

»Ich heiße Lutz«, sagte Lutz, immer noch schwer atmend.

Und Henning, der nicht so recht wusste, ob das nun Wasser war, was seinen Rücken hinunterrann, oder Schweiß, sagte: »Ich heiße Henning.«

»Er war total nackt, als er mich von hinten gepackt hat. Wahrscheinlich hat er mir 'ne Weile beim Schwimmen zugeguckt und sich dann ausgezogen.« Inga wrang ihre Haare aus. »Gleich hier war's, wo wir jetzt sitzen.«

»Hat er jetzt davon«, murmelte Henning und stupste mit dem Zeigefinger in eine Pobacke des Toten. Es handelte sich um den schmalen Körper eines blassen, jungen Mannes mit sehr lichtem Haar. Lutz strich gedankenverloren mit der Hand über den vor ihm ruhenden Hinterkopf.

»Äh ... woher hast du das noch mal?«, fragte Inga plötzlich sehr nervös und wies auf Lutz' Stumpf.

Lutz murmelte: »Es war in einem Hochhaus in Frankfurt. Ich war damals Securitybeamter und musste in einem Bank-Tower nach dem Rechten sehen. Cooler Job. Der Aufzug war kaputt. Ich wollte in den neunzehnten Stock. Die Aufzugtür schloss sich, aber die Sicherheitsvorkehrung war irgendwie ausgeschaltet. Ich bin zwar im neunzehnten Stock angekommen, aber mein Arm ist im Erdgeschoss geblieben.«

Auch Henning wollte gerade loslegen: »Mein Freund hatte ein Piranhabecken und in einem besonders heißen Sommer wollten wir uns mal die Füße kühlen ...«, als Lutz plötzlich fragte: »Am Kopf ist ja gar keine Verletzung zu sehen.«

Inga schwieg und begann nervös wieder ihr Tuch um ihren Körper zu schlingen.

Lutz ließ nicht locker. »Da stimmt doch was nicht, Mädchen. Ich denke, er ist mit dem Schädel aufgeschlagen.«

Beide Männer richteten ihre Blicke fest und unerbittlich auf die junge Frau, die zögernd zu erklären begann. »Das ist ... das war mein Vetter Hartmut. Er hat mich erpresst. Er hat gesagt: Heute Nacht gehörst du mir, sonst ...«

»Sonst?«, bohrte Henning nach einigen weiteren Momenten des Schweigens.

»Sonst zeigt er mich an. Weil ich im Kaufhaus geklaut habe.«

Es wurde wieder still.

»Geklaut?«

»Ich arbeite im Kaufhaus. Ich hab keine Lust, meinen Job zu verlieren. Hartmut war ein Drecksack. Das hat er mit anderen auch schon mal gemacht.«

»Schwein«, knurrte Henning und schnippte mit dem Finger auf die Pobacke.

»Er hat mich hierher gebracht und mir die Kleider vom Leib gerissen. Hartmut hatte schon immer so perverse Ideen. Er wollte es unbedingt im Schwimmbad mit mir machen. Da hab ich ihm unter Wasser in die Eier gekniffen und ihn dann runtergedrückt.«

Diese Version des Geschehenen beeindruckte die beiden noch mehr als das, was sie vorhin gehört hatten.

»Wir werden ihn verscharren. Ein paar hundert Meter von hier wird diese Straße gebaut. Wenn wir ihn da unter den aufgeworfenen Schotter buddeln, ist er vielleicht morgen schon unterm Teer«, schlug Lutz vor.

Inga sah die beiden mit offen stehendem Mund an. »Das würdet ihr für mich tun?«

Henning klatschte sich übermütig auf den verbliebenen Schenkel. »Wir tun öfters so verrückte Sachen!«

Am nächsten Tag schliefen sie lange. Sie erinnerten sich nur noch schemenhaft und unter heftigen Gliederschmerzen daran, dass sie es zuwege gebracht hatten, den Körper mitsamt seiner Klamotten, die Inga aus einer Umkleide geholt hatte, tatsächlich zu dieser Straßenbaustelle zu bugsieren.

Lutz hatte ein Bein gepackt, Inga das andere, und Henning hatte den Toten auf seinem Rücken geschleppt. Die Hände hatten sie ihm mit seinem Unterhemd vor Hennings Hals zusammengebunden.

Hinterher hatten sie noch eine Weile mit Inga dagestanden, hatten auf den langen Schotterstreifen gestarrt, der sich ein paar Meter weiter in der Nacht verlor, und geschwiegen.

Wortlos hatte Inga die beiden danach umarmt und war dann verschwunden. Henning und Lutz hatten das Gefühl genossen, als sie ihren schlanken Körper an sie drückte. So was war in ihrem Leben selten geworden.

Ein paar Tage und zwei Städte weiter gehörte die Geschichte schon zur Vergangenheit. Es war ein schwüler Tag und als ein Gewitter losbrach, suchten sie Schutz in einem der Wartehäuschen am Busbahnhof.

Henning fischte eine Zeitung aus dem Papierkorb. Schon beim Betrachten der Schlagzeile auf dem Titelblatt zog er scharf die Luft zwischen den Zähnen ein.

»Kaufhausmillionär spurlos verschwunden! Seine junge Ehefrau bittet mögliche Entführer verzweifelt um ein Lebenszeichen.« Darunter gab es ein Foto. Da grinste ein fröhlicher, wenngleich blässlicher, junger Mann mit lichtem Haar in die Kamera und hielt eine schöne junge Frau im Arm.

»Inga«, hauchte Lutz und riss Henning mit seiner einzigen Hand die Zeitung weg. »So ein verlogenes Miststück!«

Henning seufzte und blickte in den Regen hinaus. »Die Wahrheit steht oft auf tönernen Füßen.«

Lutz ließ die Zeitung sinken. In der Ferne zuckte ein Blitz. »Dieses Wetter erinnert mich daran, wie mir damals der Blitz in den Arm gefahren ist, als ich beim WM-Endspiel aufs Dach bin, um die Antenne gerade zu rücken. Ich erinnere mich noch genau, wie ich es mit letzter Kraft zurück ins Wohnzimmer ans Telefon geschafft habe, um den Krankenwagen zu rufen. Während ich auf die Sanitäter gewartet habe, konnte ich sogar noch zugucken, wie die Deutschen vom Platz geputzt wurden.«

»In der Nähe des Rangierbahnhofs in Stuttgart habe ich mal eine junge Frau im letzten Augenblick von den Schienen losgebunden. Ihr Zuhälter hatte sie bestrafen wollen, weil sie heimlich Geld gebunkert hatte, um ins Ausland zu gehen. Als der Nahverkehrszug aus Heilbronn eingerauscht kam, hatte ich sie sicher vom Gleis. Aber mein Bein lag irgendwie noch drauf.« Henning nahm die Zeitung, knüllte sie zusammen und warf sie zurück in den Papierkorb.

»Als ich damals nach Feuerland gereist bin ...«, begann Lutz, und Henning konterte später: »Und bei meinem Job im Krematorium ...«

Bruno

Jungejunge. Für dich arbeitet sich ja eine ganze Legebatterie den Hintern wund«, murmele ich, während Hoss sein drittes Ei pellt. Hoss isst an jedem Tag, den Gott geschaffen hat, drei hart gekochte Eier mit einer ordentlichen Portion Senf. Wir arbeiten seit fast sechs Jahren zusammen und jeden Mittag kaut er seine Butterbrote aus der blassgrünen Tupperdose, schält sich danach drei Eier, malträtiert die Senftube mit seinen Pranken und spült nach langem, trockenem Kauen mit gezuckertem Kaffee aus der Thermoskanne nach.

Heute ist Hoss übellaunig. Er hat sich hinter seiner Zeitung verschanzt und schnauft nur ab und zu. Das Ei verschwindet hinter dem Papier und Stückchen von der Schale rieseln auf das Holz unseres Tisches. Ein kalter Wind pfeift durch die Ritzen der Dachgaube, die wir notdürftig mit Plastikfolie zugetackert haben. Hobelspäne werden aufgewirbelt. Noch zwei Tage und der Dachstuhl wird fertig sein. An manchen Tagen kommt der Azubi mit, um uns zu helfen, aber meistens sind wir nur zu zweit. Wir kennen uns in- und auswendig.

»Hab ich was Falsches gesagt?« Das mit Hoss' schlechter Laune geht mir auf den Geist. Ich will wissen, wo das herkommt.

Er lässt langsam die Zeitung sinken. Seine große, kräftige Gestalt hängt heute irgendwie völlig schief an dem provisorischen Tisch, den wir uns aus zwei Holzböcken und einer Gerüstdiele gebaut haben. Um die Augen herum hat Hoss dunkle Schatten. Er guckt mich trübe an.

»Heinz, da ist was Komisches im Gange«, flüstert er fast.

Hoss ist sonst laut und singt viel bei der Arbeit. Er macht gern bei den Karaokewettbewerben in den Discos mit. Er gewinnt nie was. Wundert mich wirklich überhaupt nicht. Hoss heißt er seit unserer gemeinsamen Kinderzeit, in der wir immer Bonanza geguckt haben. Eigentlich heißt er Dietrich.

»Was Komisches?« Ich deute auf die Zeitung in seiner Hand. »Da drin?« Da stehen nur komische Sachen drin, wenn man mich fragt. Ich löse in der Mittagspause Kreuzworträtsel. Hoss lacht mich manchmal aus deswegen. Er sagt, ich denke zuviel.

»Nein. Nicht da drin.« Er schüttelt den Kopf. Im Nacken hat er schulterlange Strähnen. »Mit Babsi.«

Babsi ist die Frau von Hoss. Er vergöttert sie. Auf seine linke Schulter hat er sich ein ziemlich verunglücktes Portrait von Babsi tätowieren lassen. Man sieht es, wenn wir im Sommer oben ohne arbeiten. Babsi hat meiner Meinung nach auf dem Tattoo drei Nasenlöcher. Hoss sagt, ich spinne.

Er sieht wirklich sorgenvoll aus.

»Was ist denn mit Babsi?«

»Heute Nacht.«

»Was war denn da?« Hoss muss man manchmal wirklich antreiben, wenn er erzählt.

»Ich hab noch den Fernseher im Schlafzimmer angehabt und Babsi hat schon geschlafen.«

Es dauert wirklich eine Ewigkeit. Hoss macht lange Pausen. Er sucht nach den richtigen Worten. Ich merke das.

»Da sagt sie plötzlich im Schlaf ›Bruno‹.«

»Bruno?«

»Bruno.« Seine Pranke schiebt die Eierschalen zusammen. Es ist ihm peinlich, das zu erzählen, das kann man deutlich merken. Aber es muss aus ihm heraus. »Und dann hat sie gestöhnt und gelächelt. Ich hab den Fernseher leiser gedreht und zugehört. Und dann sagt sie wieder ›Bruno‹, ganz liebevoll und zärtlich. Eigentlich hat sie den Namen fast gesungen.«

»Wer ist Bruno?«

Hoss zuckt mit den Schultern. »Weiß nicht. Ich kenne keinen Bruno.« Er stiert mich an. Ganz entrückt. »Du, wenn die Babsi was hat mit 'nem anderen, dann ...«

»Nu warte erst mal ab, Hoss.« Ich mache eine beschwichtigende Bewegung mit der Hand. »Hast du sie darauf angesprochen?«

Hoss nickt. »Ich hab sie angestupst und da wurde sie wach. Und als ich nach Bruno gefragt hab, hat sie mich angeguckt wie 'n Auto. Sie sagt, sie kennt gar keinen Bruno.«

»Hast du dich auch nicht verhört?«

Er sieht mich verärgert an, ohne mir zu antworten. Er hat natürlich Recht. Bei so was verhört man sich nicht.

»Du glaubst ihr?«

Hoss senkt den Blick. Er wird sehr nervös.

»Mach bloß kein Scheiß, Junge!«

»Was meinst du?«

»Tu ihr bloß nichts!«

Hoss schreckt hoch. »Babsi? Bist du noch ganz dicht. Ich könnte Babsi doch niemals was antun!«

Wie gesagt, Hoss liebt Babsi wirklich abgöttisch. Und plötzlich bekommt sein Gesicht so einen gemeinen, brutalen Ausdruck.

»Aber wenn ich diesen Bruno erwische, dann ...« Er reißt seinen Zimmermannshammer aus dem Koppel und lässt ihn auf den Tisch donnern. Die Eierschalen sausen durch die Luft.

Ich schüttele den Kopf. Hoss kann sehr gewalttätig sein. »Jungejunge, irgendwann bringst du noch mal einen um.«

»Darauf kannst du dich verlassen.«

Am Mittwoch nach dem Essen rauchen wir noch eine draußen auf dem Gerüst. Heute ist der Azubi da. Hoss sagt, dass der das nicht unbedingt alles mithören muss.

Babsi hat wieder im Schlaf gesprochen. Und wieder ging es um Bruno. Hoss ist völlig neben der Spur. Seine Hand zittert. Heute Morgen hat er sich zum ersten Mal, seit wir zusammen arbeiten, auf den Daumen gehauen. Mit dem Hammer kann er eigentlich hervorragend umgehen. Der ist so was wie sein verlängerter Arm.

Als er sagt: »Das Schwein finde ich«, bebt seine Stimme.

»Stell Babsi zur Rede. Sag ihr, so läuft das nicht. Sie muss dir beichten, was da los ist.«

Aber Hoss schüttelt energisch den Kopf. »Nee, nee. Das finde ich anders raus. Ich will zuerst Klarheit, bevor ich mit Babsi spreche.«

Es ist kalt. In der Luft liegt Schneegeruch. Das ist garantiert unser letzter Dachstuhl vor Weihnachten. Letztes Jahr hat der Chef uns bis Heiligabend arbeiten lassen. Da war das Wetter aber auch entsprechend. Zwei Stockwerke unter uns brannten schon die Lichter am Baum. Babsi hat Hoss damals alle zehn Minuten über Handy angerufen, wo er bliebe.

* * *

Hoss ist immer noch nicht besser drauf. Er baut nur noch Scheiße auf dem Dach. Wir sind jetzt einen halben Tag hinterher. Ich bügle den Mist aus, den er macht, damit es nicht noch vor Jahresende Stress mit dem Chef gibt.

Zwischen dem zweiten und dem dritten Ei erzählt er mir, dass er gestern im Kaufhaus angerufen hat, in dem Babsi arbeitet. Er sagt, irgendwo müsse er ja mal anfangen. Und wenn so was läuft, dann bestimmt auf der Arbeit. Er hat seine Stimme verstellt und einfach nach Bruno gefragt. Die Frau von der Zentrale, da war er sich sicher, die hätte es schon gewusst, wenn es da einen Bruno gäbe, zu dem man ihn hätte durchstellen können.

»Tut mir Leid«, hat die Frau gesagt. »Bei uns arbeitet kein Bruno. Wir hatten einen Bruno Binz in der Herrenmode, der ist aber vor zwei Jahren in Rente gegangen und dann auch ziemlich schnell gestorben.«

Der Azubi ist heute Gott sei dank nicht da. Hoss hätte ihn gestern fast vertrimmt. Er steht wirklich total unter Strom. Und dann ist auch noch der Senf alle.

* * *

Nur noch zusammenpacken und saubermachen. Dabei fällt Hoss der große Hobel vom Gerüst. Zum Glück ist keiner auf dem Parkplatz vor dem Haus. Wenn ich mir Hoss angucke, dann merke ich, dass es ihm fast lieber wäre, wenn da unten einer gestanden hätte. Er würde am liebsten irgendwem den Schädel spalten.

Heute packt er die Zeitung gar nicht an. Auch die Butterbrote lässt er in der Tupperdose. Nur seine Eier mampft er und guckt finster. »Es tut sich was«, brummt er. »Ich hab Moni angerufen. Die kegelt mit Babsi. Ich hab ihr nicht gesagt, um was es geht. Ich hab nur nach Bruno gefragt. Und dann hat sie gefragt, was ich denn von Bruno will.«

»Sie kennt Bruno?«

»Sie kennt einen, der Bruno heißt. Und den kennt Babsi auch. Er arbeitet aushilfsweise in der Kneipe, in der sie kegeln. Heute Abend gehe ich da hin. Der kann sich freuen.«

In diesem Moment klingelt das Handy in Hoss' schwarzer Cordhose. Als er es hervorfischt muss ich schmunzeln, weil des kleine, bunte Ding fast völlig in seiner geballten Pranke verschwindet. Mit dieser Faust möchte ich nie in Berührung kommen. Wenn Hoss telefoniert, ist er sehr wortkarg. Man kann kaum heraushören, wer am anderen Ende ist. Er meldet sich nur mit »Ja«.

Auch dieses Gespräch nimmt einen kurzen Verlauf. Er sagt ein paar mal »Hmmm« und »Ach so« und zum Schluss »Tschö«.

Dann guckt er mich an und brummt mit düsterem Blick: »Moni sagt, der, von dem sie geglaubt hat, er heiße Bruno, heißt in Wirklichkeit Boris.«

In Hoss kocht die kalte Wut hoch.

* * *

Schlechtwetter. Wie ich mir das schon gedacht habe. Es hat geschneit und wir fangen den neuen Bau wahrscheinlich erst im neuen Jahr an. Ich sitze zu Hause vor dem Fernseher und gucke eine Nachmittagstalkshow zum Thema »Finger weg von meiner Frau!«, als Hoss anruft. Er hört sich fürchterlich an. Er spricht nur ganz wenig. Das kenne ich ja schon. Aber das, was er sagt, diese wenigen Silben, klingen völlig verzweifelt.

Ich frage: »Hat sie wieder von Bruno geträumt?«

»Ja.«

»Gestöhnt?«

»Und wie.«

»Immer noch keinen Bruno gefunden?«

»Doch.«

Ich horche auf. »Echt? Wer ist es?«

»Ein Friseur, zu dem Babsi öfter geht.«

»Super! Zeig's ihm!«

»Nö.«

»Wieso?«

»Stockschwul.«

Ein paar Augenblicke lang herrscht Totenstille.

»Du, Heinz.«

»Ja?«

»Ich glaub, ich dreh langsam durch.«

* * *

»Ich hab Bruno gefunden.« Hoss weiß nicht, wohin er seine Hände tun soll. Er sitzt mir gegenüber. Zwischen uns ist eine dicke Glasscheibe. Ich glaube, das ist Panzerglas. Seine Stimme kommt über eine Sprechanlage. Er hat komische Klamotten an.

»Weil Schlechtwetter war, bin ich ins Kaufhaus gefahren. Da, wo Babsi arbeitet. Ich hatte das Gefühl, ich müsste sie drauf ansprechen. Sofort. Das ging alles nicht mehr.«

Der Wärter ist ein unsympathischer Typ der immer nervös mit den Augen zwinkert. Mir ist das unheimlich, hier zu sitzen.

Hoss erzählt weiter. »Da tippt mir plötzlich einer auf die Schulter. Als ich mich umdrehe, steht da der Nikolaus vor mir.«

»Der Nikolaus?«

»Der Kaufhausnikolaus. Er ruft: ›Hoss!‹ Und er zieht sich den Bart weg.«

»Wer war es?«

»Ich war der Meinung, ich hätte den Typen noch nie gesehen. Er sagte: ›Erinnerst du dich nicht mehr?‹ Aber ich konnte mich wirklich nicht erinnern.«

Ich würde jetzt gern eine rauchen, aber hier drinnen würde die mir garantiert nicht schmecken. Womöglich darf man hier gar nicht rauchen. Allein der Blick des Wärters macht mir das madig.

»Er sagte, er wäre mit mir zur Schule gegangen und ich hätte mich überhaupt nicht verändert. Er sagte, er arbeite hier seit einer Woche als Nikolaus. Ansonsten lebe er von der Stütze. Ich kam nicht auf seinen Namen.«

»Lass mich raten: Er hieß Bruno.«

Hoss nickt auf der anderen Seite der Sicherheitseinrichtungen. Dann erzählt er mir, wie er den Typ einfach hat stehen lassen, wie er mit der Rolltreppe eine Etage tiefer zu den Haushaltswaren gefahren ist und sich dort einen vernünftigen Steakhammer ausgesucht hat. Einen aus Edelstahl. Dann hat er bezahlt und ist wieder hochgefahren. Und dann hat er mit seiner Neuerwerbung dem Nikolaus den Kopf zu Brei gehauen. Er erzählt auch was von Kindern, die schreiend weggelaufen sind, und von Müttern, die in Ohnmacht fielen.

Danach haben wir uns nicht mehr viel zu erzählen. Wir schweigen noch ein bisschen rum und ich verspreche ihm, ihn wieder zu besuchen.

Ich bin froh, dass ich dieses Gebäude verlassen kann.

Draußen wartet Babsi im Auto auf mich. Sie friert. Ihre Nase ist ganz rot. Wir küssen uns sehr lange. Endlich ist alles geschafft.

Ich sage: »Irgendwann musste doch einer kommen, der Bruno heißt. Das konnte gar nicht schief gehen.«

Des Sammlers stille Freude

Wer den Weg nicht kannte, konnte nicht hierher finden. Wer nicht hierher wollte, hatte kaum eine Chance, zufällig vorbeizukommen. Der Weg schlängelte sich durch eine Fichtenschonung und vermittelte an verschiedenen Stellen den Eindruck, von hier an könne es wirklich nicht mehr weitergehen.

Jutta drosselte den Motor und schaltete die Innenbeleuchtung an. Der Regen trommelte unaufhörlich auf das Wagendach. Sie verglich die Notizen, die sie sich am Telefon gemacht hatte, zum wiederholten Mal mit der Karte und fluchte leise. Das Haus musste hier sein. Hier ganz in der Nähe. Als sie einen Blick nach vorne durch die Windschutzscheibe in die Schwärze der Nacht warf, sah sie, dass der Regen sich vor ihr in den Fahrrinnen zu enormen Pfützen gesammelt hatte, und sie seufzte tief. Noch ein paar Meter weiter und sie würde unweigerlich stecken bleiben.

Nachdem sie einen Moment lang sehr intensiv alle Möglichkeiten gegeneinander abgewogen hatte, schaltete sie den Motor aus, kramte eine Taschenlampe aus dem Handschuhfach und stieg aus. Es konnte nicht mehr weit sein. Den Rest würde sie zu Fuß erledigen. Sie wurde erwartet und diese Chance würde sie um nichts in der Welt ungenutzt verstreichen lassen, nur weil es schiffte wie aus Eimern.

Nach den ersten paar Metern versank sie bereits knöcheltief im Schlamm und fluchte laut in die Finsternis hinein. Der Regen drang in Minutenschnelle durch ihre Kleider. Sie ließ den Kegel der Taschenlampe vor sich her über den schlammigen Boden tanzen und war mit jedem weiteren Schritt sicherer, dass ihre Entscheidung, das Auto zurückgelassen zu haben, die richtige gewesen war. Sie stolperte voran und merkte, wie sie begann, unter ihrer durchnässten Kleidung zu schwitzen. Als sie schließlich das Haus zwischen den Bäumen erahnte, schlug ihr das Herz bis zum Hals. Sie hatte ihr Ziel erreicht.

Der Mann, der die alte Holztür öffnete, war Maximilian Stolz – daran bestand kein Zweifel. Trotzdem hätte Jutta ihn niemals erkannt, wenn sie ihm irgendwo sonst begegnet wäre. Die Fotografien, die sie von ihm gesehen hatte, zeigten ihn größer, stattlicher als er in Wirklichkeit war. Jetzt, als er sie empfing und ihr mit mitleidiger Miene und zahlreichen Worten des Bedauerns aus ihrem triefenden Mantel half, wirkte er zart, nervös, geradezu zerbrechlich. Er hatte etwas von einem kleinen Tier, das im Schutze seiner überschaubaren Höhle im Wald lebte und das wilde Leben draußen vor seiner Tür vorbei ziehen ließ.

»Ein Grog?«, fragte er mit einer belegten Stimme, die er selten an jemand anderen als sich selbst richtete. »Der würde Ihnen gut tun.«

Sie nickte bedächtig. Ein Grog konnte nicht schaden.

Mit einer sanften Berührung seiner Fingerspitzen lenkte er sie auf eine Tür zu, durch die ein warmer Lichtschein in den Flur fiel. Sie hielt inne, als sie erkannte, was dort an der schmucklosen, weißen Wand neben der Tür hing und vom matten Schein einer Bilderleuchte illuminiert wurde. Aus ernsten Gesichtern blickten zwei Augenpaare auf den Betrachter hinunter. Das fliehende Kinn des Mannes schien fast vollständig hinter einem enormen Stehkragen zu verschwinden, und der Mund der Frau, die neben ihm posierte, war verkniffen und ungeheuer schmallippig. Die Ölfarbe war mit einer fast hundertjährigen Patina aus Rauch und Gilb überzogen. Der Rahmen war stumpf und glanzlos.

»Emilie und Fritz Damaschke«, sagte Stolz, der ihrem Blick folgte und um dessen Mundwinkel ein triumphierendes Lächeln spielte. »Sie brachten in den Jahren 1908 bis 1914 sieben ihrer Pensionsgäste um und versenkten sie im Landwehrkanal. Ich habe dieses Bild 1999 auf einer Auktion in München ersteigert. Aber das wissen Sie wahrscheinlich. Das war damals die erste Gelegenheit, bei der die Presse auf mich aufmerksam wurde.«

Jutta nickte und blickte ihm in die Augen. »Sie haben damals noch in Köln gelebt.«

»Eine Etagenwohnung. Seither sind einige Jahre vergangen. Es wurde zu eng. Auch in den Köpfen meiner Mitmieter. Sie wollten nicht mit diesen Dingen unter einem Dach leben.«

Er zuckte mit den Schultern und ging voran in das Wohnzimmer. Während er durch den Türrahmen schritt, deutete er beiläufig mit dem Daumen hinter sich. »Der Schirmständer aus Messing, gleich neben der Haustür, aus dem Sie sich bei Ihrer Heimfahrt unbedingt einen Regenschirm mit nach Hause nehmen sollten, stand übrigens im Haus des berühmten Frauenmörders Landru. Ich besitze natürlich Zertifikate und Expertisen zu allen Exponaten.«

Im Wohnzimmer flackerte ein gemütliches Feuer in einem alten Bruchsteinkamin. Jutta ließ den Blick an den Wänden entlangwandern, die brusthoch mit einer dunklen Holzvertäfelung geschmückt waren. Dies war ein altes Forsthaus und sicherlich waren hier Geweihe und präparierte Tierköpfe aufgereiht gewesen. Seit Stolz hier eingezogen war, hatte sich die Dekoration drastisch verändert. Die zur Schau gestellten Stücke waren heute ganz anderer Art.

»Eine wunderbare Mordwaffe«, dozierte der Hausherr, ohne einen Augenblick innezuhalten, während er die Kissen auf einem hässlichen Fünfziger-Jahre-Sofa ordnete. Er hatte bemerkt, dass sie sich vor den Kamin gestellt hatte und dem Feuer erlaubte, sie mit seiner Wärme einzuhüllen.

Währenddessen betrachtete sie einen Gegenstand, der mit einigen Haken an dem grob verputzten Rauchfang über dem Kamin befestigt war. Es war ein langer, metallener, rostfleckiger Stiel mit einem geschnitzten Holzgriff und glatt polierten Kerben für die Finger. Am anderen Ende mündete das Metallrohr in einen ebenfalls metallenen Zahnbogen, in dem mehrere Schraublöcher erkennbar waren. Sie blickte sich ratlos nach Stolz um, der eine Obstschale und ein silbernes Schälchen mit Gebäck auf dem Tisch arrangierte und sein Werk mit schief gelegtem Kopf begutachtete.

Er blickte auf. »1965 fanden Dr. John Halliwell und seine Gattin den Tod, als sie von einer Kunstausstellung auf der Suche nach einem Taxi durch London streiften. Jasper Pollock trug dieses Gerät mit sich, als er den beiden begegnete und die gut gekleideten Leute als möglicherweise lohnende Opfer durch die Gegend irren sah. Pollock arbeitete in den Docks. Bei diesem Mordwerkzeug handelt es sich um einen alten Pumpenschwengel. Wenn Sie wollen, kann ich es Ihnen später einmal herunterholen, und Sie können ausprobieren, wie gut es in der Hand liegt.«

Jutta schlang die Arme um ihren Oberkörper. Ihr Pullover war klamm und der Feuerschein wärmte sie. Es war ihr recht, dass Stolz sich offensichtlich in einer ausgeprägten Plauderstimmung befand. Sie hatte gehört, er sei sehr verschlossen und gebe nur ungern Interviews. Sein Rückzug in dieses ländliche Refugium wurde gemeinhin als Abbruch der Beziehungen zur Öffentlichkeit gewertet.

Stolz trat neben sie und fischte etwas vom Kaminsims, das wie ein liegen gelassenes Staubtuch aussah. Als er es entknüllte, sagte er betont lapidar: »Auch solche Dinge werden von wohlmeinenden Bekannten an mich herangetragen. Erst vor zwei Jahren ist in einem Abteil des Schnellzugs von Rom nach Genua die junge, hübsche Renata Predo mit diesem Tuch erwürgt worden. Der Täter, ihr vierunddreißig Jahre älterer Liebhaber aus Rom, ein Advokat namens Brancusi, hat sich eine Woche später in der Untersuchungshaft selbst gerichtet. Ich überlege noch, wie ich es am besten präsentieren könnte. Es ist leider nicht einfach, so einen dünnen Stoff über einen langen Zeitraum aufzubewahren, ohne dass er Schaden nimmt. Schauen Sie, hier!«

Stolz geriet in Fahrt. Er wies auf einen Strick, der mit kleinen, messingfarbenen Nägelchen in Spiralform auf einem dunkel gebeizten Holztableau fixiert war und unter dem ein kleines Messingschildchen prangte. »Wissen Sie, manche Dinge kann man bereits fertig präpariert bekommen. Wie dieses Hanfseil zum Beispiel, mit dem ein russischer Lyriker namens Petronow während seiner Reisen übers Land in den Achtzigern in einundzwanzig russischen Städten über zwei Dutzend Prostituierte stranguliert hat. Er ist bis heute flüchtig. Nur sein Handwerkszeug ist von ihm geblieben. Man vermutet, dass er selbst einem Verbrechen zum Opfer fiel und von ein paar Zuhältern in Eigenarbeit aus dem Weg geräumt wurde. Ich liebe dieses Stück! Oder schauen Sie, dort hinten an der Wand, da finden Sie ein wirklich außergewöhnliches Exponat! Die *Smith and Wesson*, mit der in Ohio im Jahre 1972 ... Oh, Sie frieren.«

Er geleitete sie zum Sofa und sagte: »Nehmen Sie bitte Platz, während ich den versprochenen Grog zubereite. Es dauert nur ein paar Minuten.«

Er kramte aus dem unteren Fach eines Schranks eine Decke hervor und legte sie ihr fürsorglich um die Schultern. »Bedienen Sie sich beim Obst und beim Gebäck. Manche Dinge benutze ich auch im Haushalt. Das macht mir besondere Freude. Gebrauchsgegenstände sollten auch solche bleiben. Dieses Messer mit dem hübschen Perlmuttgriff zum Beispiel, mit dem Sie sich eine Birne oder einen Apfel schälen können, hat bereits in sechs Körpern gesteckt. Sechs junge Männer, vornehmlich Studenten, haben in Mainz ihr Leben gelassen, weil man ihnen die Kehle damit aufgeschlitzt hat. Der Täter wurde nie gefunden. Und das Sofa, auf dem sie sitzen, war der Lieblingsruheplatz der alten Frau Emmy Sedlaczek, die in der Josefstadt in Wien ein einträgliches Geschäft mit dem Verleihen von enormen Geldbeträgen betrieb, bis ihr junger ungarischer Liebhaber ihr auf diesem Möbelstück den Schädel zu Brei schlug. Ich würde Ihnen nur zu gerne ein paar dekorative Blutflecken zeigen, aber die Nichte der alten Dame hatte bedauerlicherweise einen wirklichen Reinlichkeitsfimmel. Und jetzt hole ich den Grog!«

Als er in einem Durchgang verschwand, strich Jutta langsam mit der Hand über den groben, grauen Stoff des Sofas und betrachtete fasziniert das kleine Messer neben der überquellenden Obstschale. Es hatte einen zierlichen Griff mit Perlmuttintarsien und eine aufreizend scharfe Klinge. Sie beobachtete, wie ein schwacher Lichtschein hinter dem Durchgang aufflackerte, und hörte im Folgenden leises Klimpern aus einer entfernten Küche.

Alles lief viel leichter, als sie sich das vorgestellt hatte. Sie hatte geglaubt, Stolz müsse man jedes Wort aus der Nase ziehen, sie müsse ihn mühsam dazu bringen, seine Schätze vor ihr auszubreiten und zu erläutern. Aber sie hatte noch nicht einmal einen Notizblock aus dem Mantel holen, hatte ihm kein Mikrofon unter die Nase halten müssen. Er empfand ganz offensichtlich eine unbändige Freude daran, sie in die Details seiner Sammlerleidenschaft einzuweihen.

Jutta schauderte und schlang sich die muffige, grobe Wolldecke enger um die Schultern. Jeden Gedanken daran, wer möglicherweise mit ihr einmal erstickt worden sein mochte, verdrängte sie. Dieser Raum roch nach Tod. Dem ganzen Haus wohnte eine morbide Aura des Verfalls und der Vergänglichkeit inne. Was trieb Menschen zu einer Sammelleidenschaft wie dieser? Es gab Sammler, die die Welt durchreisten, um die Tatorte ruchloser Verbrechen in Augenschein zu nehmen. Es gab Menschen, die mit verbissener Akribie Notizen und Zeitungsartikel von abscheulichen Verbrechen sammelten und in Alben klebten. Und Stolz umgab sich hier mit Gegenständen, mit deren Hilfe Menschen vom Leben in den Tod befördert worden waren. Warum tat er das? Was trieb ihn an?

Als er plötzlich hinter ihr leise sagte: »Wer den Tod der Vergangenheit um sich hat, der wähnt den Tod der Zukunft in weiter Ferne«, schrak sie zusammen. Er hatte sie vom Durchgang zur Küche aus beobachtet und stand da, mit einem Glas mit einer dampfenden Flüssigkeit auf einem kleinen Tablett in der Hand. Offensichtlich hatte er ihre Gedanken gelesen.

Als er sich näherte, spürte sie, wie ihr Unbehagen wuchs. Ein Silberlöffel klimperte leise, als er das Tablett mit dem verführerisch dampfenden Getränk vor ihr auf den Tisch stellte. Sie roch den Alkohol und spürte das Verlangen nach etwas Warmem.

»Ich glaube, ich weiß, was Ihnen durch den Kopf geht, junge Frau. Sie fragen nach dem Wie und dem Warum. Die

Antwort auf die Frage ›Warum?‹ habe ich Ihnen soeben gegeben. All diese Dinge hier haben getötet und ich selbst bin am Leben. All diese Sachen waren dabei, als irgendwann die letzte Schwelle überschritten wurde, als der letzte Schritt getan wurde, der keine Umkehr mehr zulässt. Viele von ihnen waren sogar mehrere Male Zeugen einer solchen Tat. Und viele von ihnen haben dem Täter vermutlich sehr, sehr viel bedeutet. Manche Mörder lieben ihr Handwerkszeug geradezu abgöttisch. Der Spazierstock, mit dem Adrian Syme vor etwa siebzig Jahren seine Großtante erschlug, war ein kunstvoll geschnitztes Stück, das er zum zwanzigsten Geburtstag geschenkt bekommen hatte und das er etwa achtzehn Jahre lang tagtäglich mit sich führte, bevor er damit einen brutalen Mord beging. Die Axt dort drüben war nachweislich Bengt Lundkvists liebstes Werkzeug und hatte bereits Tausende von Bäumen gefällt, bevor er irgendwann begann, mit ihr deutsche Touristinnen in ihren Zelten abzuschlachten.«

Er deutete mit einem spitzen, dünnen Zeigefinger auf das Glas vor ihr. »Trinken Sie ihn, solange er richtig heiß ist, sonst nützt er überhaupt nichts.«

Sie fixierte das Glas, nickte zaghaft und nahm es in ihre beiden Hände. Die Wärme flutete durch ihre Finger.

»Zu dem Wie allerdings kann und will ich Ihnen nur ein paar vage Andeutungen machen. Sie werden dies auch bei anderen Sammlern finden. Wir geben unsere Quellen aus verständlichen Gründen nicht gerne preis.« Er machte eine umfassende Bewegung mit den Armen. »Dies alles hat viele Jahre gedauert. Ich habe mittlerweile zahlreiche Bekannte, die für mich Augen und Ohren offen halten. In früheren Jahren war es oft sehr mühselig, die richtigen Quellen aufzutun. Es gibt Asservatenkammern und Kriminalmuseen. Es gibt

Sammlungsstücke, deren Wege nicht immer einen ganz legalen Verlauf genommen haben. Das sage ich Ihnen nun und das vergessen Sie am besten auch gleich wieder. Die Sammelleidenschaft verleiht eine unglaubliche Kraft. Wenn sie einen erst einmal so richtig gepackt hat, dann kennt man keine Grenzen mehr. Es gibt mittlerweile das Internet, das unglaublich hilfreich ist, über das aber auch viel Schund angeboten wird. Jedermann kann dort ein Bröckchen eines Mauerziegels des Hauses erstehen, in dem Lizzie Borden ihre Eltern damals mit unglaublicher Brutalität die Schädel eingeschlagen hat. Sie kennen das: ›Lizzie Borden took an ax and gave her mother fourty whacks. And when she saw what she had done, she gave her father fourtyone.‹ Aber man darf natürlich nicht so naiv sein und davon ausgehen, dass diese Ziegelstückchen wirklich echt sind. Bei der Menge, die dort vertrieben wird, müsste das Haus mindestens die Ausmaße des Empire State Buildings gehabt haben. Was ich hier in diesem Haus sammle, ist echt! Ich könnte Ihnen Geschichten zu jedem Exponat erzählen. Zu dem Schürhaken, mit dem Arnold Schrenk in Glauchau vor sieben Jahren seine beiden Kinder erschlagen hat, zu dem Revolver, mit dem der Mörder des französischen Militärattaches Duvivier sich vor den Augen der entsetzten Menge in der Royal Albert Hall selber richtete, über den Gasofen in meiner Küche, in dem Renate Täufer kurz nach dem Krieg in Feldafing den Selbstmord ihres Mannes vortäuschte, über die alte Hotelbadewanne, in der ich Ihnen gerne ein wärmendes Bad anbieten würde und in der der Koch Karl-Heinz Pohl seinen damaligen Arbeitgeber, einen Dürener Hotelier, in Säure auflöste ... und und und ...«

Seine Stimme hatte sich zu einem schrillen Stakkato gesteigert, während seine Hände mal in die eine, mal in die andere Richtung wiesen. Jetzt hielt er inne und blickte sie fragend an. »Sie trinken ja gar nicht.«

Jutta hatte sich aufgerichtet und fixierte ihn mit einem merkwürdig starren Blick. Sie betrachtete ihn auf eine Art und Weise, wie sie bislang nur seine Exponate betrachtet hatte. Neugierig, erstaunt und von einem angenehmen Schauder berührt. »Lassen Sie sich davon bitte nicht allzu sehr irritieren, Herr Stolz.« Sie schmunzelte. »Halten Sie mich einfach für ... kaltblütig.«

Sie lächelten sich beide amüsiert an. Und in diesem Moment beschloss sie, das Wort nicht wieder an ihn zurückzugeben, und fragte: »Sie sitzen da in einem herrlichen Sessel, Herr Stolz. Können Sie mir erzählen, was sich darin Schreckliches ereignet hat?«

Der Sessel war groß, wuchtig und mit einem zart gemusterten, grünen Stoff bespannt. Stolz rückte auf die Kante der Sitzfläche vor, so als sei ihm das Sitzen auf diesem Möbelstück unangenehm. Dann seufzte er. »Ach, wissen Sie, das ist ein Möbel, das ich vom Vorbesitzer übernommen habe. Ich habe noch keinen adäquaten Ersatz gefunden, der hier hineinpasst. In diesem Sessel hat sich bislang nichts nennenswert Mörderisches ereignet, und ich ...« Seine Worte erstarben.

Jutta ließ die Teetasse sinken und schälte sich langsam aus der Decke.

Irritiert beobachtete er, wie die junge Frau sich langsam aufrichtete, den kleinen Wohnzimmertisch umrundete und auf ihn zukam. Und während in seinem Kopf allerlei Gedanken aufblitzten und Fragen durcheinander wirbelten, was seine junge Besucherin wohl vorhabe, sah er plötzlich in ihrer Linken das kleine Messer mit dem Perlmuttgriff aufblitzen und er erinnerte sich vage daran, dass die Mainzer Morde von einem immer noch flüchtigen Täter begangen worden waren, der definitiv Linkshänder gewesen war. Und als ihre Hand plötzlich wie ein Blitz auf seinen Hals zuschoss, war er für einen Augenblick ganz steif und wagte es nicht einmal zu schreien. Auch dann nicht, als er realisierte, dass ein gewaltiger Schwall warmen Bluts aus seiner Kehle hervorschoss.

Als Jutta wenig später die restlichen Holzscheite in den Kamin warf und die Flammen hoch lodern ließ, begann sie wieder zu fluchen, so wie sie es vorhin bereits bei ihrem Gang durch den Morast getan hatte.

»Verdammtes Arschloch«, schimpfte sie, während sie den ausgefransten Teppich vor den Kamin zog. »Mein Messer zum Obstschälen zu benutzen. Verdammter Irrer.« Sie suchte mehr brennbares Material zusammen und platzierte es in der Nähe des Feuers. »Mein Messer, mein Messer. Mamas gutes, kleines Messer mit glitschigen Apfelschalen, mit Birnenschalen, mit Apfelsinenschalen. Mein Messer, mein Messer, dieser arme Irre, man müsste ihn mit dem Messer die Eier abschneiden, diesem Irren mit seinem blöden Obst, mit den blöden Birnenäpfelnapfelsinen!«

Bevor sie hinausging, warf sie einen letzten Blick auf die Leiche, an deren weißem Hals das Blut zu verkrusten begann. Als sie durch den immer noch eimerweise niederprasselnden Regen vom Haus wegstapfte, breitete sich der Feuerschein bereits langsam hinter sämtlichen Fenstern des Erdgeschosses aus.

»Mein Messer, mein Messer, mein Messer«, murmelte sie. »So ein Irrer!«

Gute Nacht, Oma

Nun, Oma, läuft der Tropf nicht ein bisschen schnell? Soll ich das regulieren? Man muss da nur mit dem Daumen am Rädchen drehen. Ich habe vorhin gesehen, wie die Schwester das gemacht hat.

War das jetzt ein Nicken?

Ich mach das gern für dich. Du kannst mir glauben, es ist schwer für mich, dich da so liegen zu sehen. Du siehst so hilflos aus, so zusammengefallen. Wenn deine fleckige Hand nicht ab und zu so ganz zaghaft und unvermittelt zucken würde, könnte man fast glauben, dass deine großen, runden, wässrigen Augen das Einzige sind, was du überhaupt noch bewegen kannst.

Hat man dir heute schon aufs Klo geholfen?

Jetzt muss ich aber lachen.

Erinnerst du dich?

Klo?

»Warst du noch auf dem Klo, Junge?« Deine Frage klang immer ein bisschen wie »Haben Sie noch einen letzten Wunsch?«

Natürlich war ich immer auf dem Klo gewesen. Ich habe manchmal eine Viertelstunde und länger da gehockt und die Kacheln angestiert und habe gewartet und es hinausgezögert und gebummelt. Aber irgendwann musste ich ja dann doch ins Bett und dann hast du da gesessen, auf dem kleinen, hellen Holzstuhl, über dessen Lehne meine kurzen Hosen hingen und mein Hemd und meine Strümpfe. Fast jeden Abend.

Das Licht vom Nachttischlämpchen hat dich so von unten angestrahlt, hat so Schatten in dein Gesicht gemalt. Und du hast immer die Nasenlöcher so geweitet. Ich konnte die kleinen Härchen da drinnen sehen. Du hast immer so geschnaubt und hattest diese harten Züge um deinen schmalen Mund.

Damit wir uns richtig verstehen: So beschreibe ich es heute, aus der Erinnerung. Damals hätte ich noch nicht in Worte fassen können, was es war, das mir bei deinem Anblick immer dieses komische Gefühl bescherte. Du hast da gesessen und das Buch umklammert gehalten und hast mich gefragt: »Warst du noch auf dem Klo, Junge?« Und ich habe gesagt: »Ja.« Und dann habe ich geschwiegen.

Haben Sie noch einen letzten Wunsch ...

Dann hast du angefangen.

Es war einmal ...

Dein Tonfall war nicht der einer Märchenerzählerin, wie er gemeinhin sein sollte. Das gemütliche »Es war einmal ...« lag dir einfach nicht. Die ersten Sätze, der Eintritt in eine ferne, geheimnisvolle, dunkelgoldene und silberflirrende Märchenwelt, waren dir fast eine Qual. Du liebtest die harten Fakten. Du liebtest die klare Sicht der Dinge. Die Familienverhältnisse – je elender desto besser –, gepeinigtes Stieftöchterchen und herrische Stiefmutter, völlig verarmte Eltern, die ihre unmündigen Kinder in den Wald verbringen und all so was.

Brüderchen nahm sein Schwesterchen an der Hand und sprach: »Seit die Mutter tot ist, haben wir keine gute Stunde mehr; die Stiefmutter schlägt uns alle Tage und wenn wir zu ihr kommen, stößt sie uns mit den Füßen fort. Die harten Brotkrusten, die übrigbleiben, sind unsere Speise, und dem Hündlein unterm Tisch geht's besser.«

So was hat dir Spaß gemacht. Da hast du fast ein bisschen gelächelt, damals. Das Elend, der Hunger, die Not. Und wenn dazu noch kleine Kinder litten, so richtig drangsaliert und gequält wurden, dann war dein Vergnügen enorm. Nie wolltest du mir die Federzeichnungen zeigen, die neben dem Text abgedruckt waren. Die seien unrealistisch und völlig verkitscht, hast du immer gesagt. Ein kleines Mädchen, das in Hunger und Not aufgewachsen sei, könne unmöglich so pausbäckig und sauber gescheitelt aussehen.

Du hattest natürlich Recht.

Aber vielleicht hätten mich die Pausbäckchen getröstet.

Was meinst du?

Hast du gerade deine Hand bewegt?

Soll ich nicht vielleicht doch den Tropf ein bisschen regulieren?

Liegst du bequem?

Liegst du bequem? – Das hast du mich nie gefragt. Immer nur: »Warst du noch auf dem Klo?« Jeden Abend, an dem Mama arbeiten gehen musste. Jahrelang.

Und wenn es dann in der Geschichte endlich so richtig zur Sache ging, dann konnte ich beobachten, wie du dich aufrecktest, wie sich dein Körper auf dem kleinen, hellen Holzstuhl wand vor Aufregung.

Und es ging immer so richtig zur Sache bei den Märchen, die du ausgesucht hattest. Und dann hatte deine Erzählung plötzlich nur noch sehr wenig zu tun mit dem, was die Dichter einst zu Papier gebracht hatten, denn nach deiner Meinung wurden da einige eminent wichtige Passagen ganz einfach übergangen.

Der Wolf und die Geißlein. »Eins nach dem andern schluckte er in seinen Rachen ...« hieß es da. Nichts weiter.

Das war dir allerdings entschieden zu dünn, Oma, erinnerst du dich? Und deshalb hast du diese Lücken mit deinen eigenen Worten geschlossen. Du hast mir schließlich den Schlund, diesen Wolfsschlund mit all seinen Abscheulichkeiten beschrieben, die Reihen gelber, spitzer Reißzähne, den fürchterlichen, übel stinkenden Atem, die pulsierenden, schleimigen, fleischigen Wände des Rachens und die finstere, blubbernde Höhle des Magens. Ich weiß, dass es dich immer sehr geärgert hat, dass der Wolf die dummen Viecher tatsächlich ganz und gar am Stück hinuntergeschluckt hatte, anstatt sie so richtig nach Herzenslust zu zerfleischen und zerfetzen. Aber so wollte es der Gang der Geschichte nun mal. Dafür hast du dann zum Ende das qualvolle Ertrinken des Wolfes im tiefen Brunnenschacht in all seinen Einzelheiten geschildert. Nicht nur dem Wolf blieb dabei die Luft weg, das kannst du mir glauben.

Du hast mir in den schillerndsten Farben beschrieben, wie das Mädchen mit den Schwefelhölzern elend umgekommen ist. Ich habe beobachten dürfen, wie sich Rumpelstilzchen vor Wut selbst in der Mitte durchriss und wie seine Gedärme durch die Gegend pladderten, und ich konnte auch das schmatzende Geräusch hören, als der Froschkönig an der Wand zerplatzte.

Du hattest nun einmal die Gabe zu erzählen, keine Frage. Das kann dir niemand streitig machen. Wenn du die Panik des eingesperrten Hänsel in seinem kleinen Ställchen geschildert hast, wie er sich vor Schmerz und Elend gar nicht mehr auf den Beinen zu halten wusste, dann spürte ich das alles wie am eigenen Leib. Wenn ich heute daran zurückdenke, war ich im Grunde genommen auch niemand anderes als dieser arme kleine Wurm.

Ausgeliefert.

Und dann wurde endlich die Hexe in den Ofen gesteckt. Es war, als sei ich selbst dabei gewesen. Deine Schilderung dieses Brandopfers dauerte beinahe zwanzig Minuten. Du hattest dir aus zahlreichen Büchern allerlei Wissen über Verbrennungen angelesen und ich gelangte ungefragt in den Genuss deines gesamten Fachwissens. Ich sah Brandblasen wachsen, sah Fleisch schmoren und Augäpfel zerplatzen.

Du hast mir damals auch beschrieben, welcher Schmerz entsteht, wenn Drachen richtig zubeißen. Und du hast mit Genuss die fehlende Szene ersetzt, in der der wunderschöne Schimmel den Kopf vom Rumpf getrennt bekommt, damit er an die Wand genagelt werden kann. »Oh Falada, da du hangest!« Deine Worte waren das Seziermesser, mit der diese Amputation durchgeführt wurde. Es war sehr blutig.

Und als die böse Hexe zur Strafe in glühenden Eisenschuhen tanzen musste, bis sie tot umfiel, da pochte dir die Ader am Hals.

So wie jetzt.

Beruhige dich, Oma. Die Schwester hat mich nur hereingelassen, weil ich ihr versprochen habe, dass du dich nicht zu sehr aufregen sollst.

Ich bin so froh, dass ich bei dir bin.

Jetzt kann ich mich endlich einmal erkenntlich zeigen für all die Abende, die du mich gehütet und umsorgt hast, bis ich irgendwann dann doch eingeschlafen war.

Und in meinen Träumen gingen die Märchen weiter.

Meine Träume waren rot. Blutrot.

Sie sind es manchmal heute noch.

Ich habe jede Nacht ins Bett gepisst, obwohl ich vorher noch auf dem Klo war.

Warst du noch auf dem Klo?

Fein, dann erzähle ich dir noch eine Geschichte, damit du einschläfst.

Es war einmal eine schwache, alte Frau, die sterben musste, obwohl sie es eigentlich noch gar nicht wollte. Sie hatte niemanden mehr auf der ganzen Welt außer ihrem Enkel, der sie ab und an besuchen kam. Ein paar böse Schlaganfälle hatten sie an das Bett gefesselt und entkräftet und wehrlos lag sie da und sah plötzlich den Tod eintreten.

Sie hatte noch nie in ihrem Leben etwas so Schreckliches gesehen wie den Tod. Sie hatte sich ihr ganzes Leben lang vor ihm gefürchtet, ohne so recht zu wissen, wie Furcht erregend er tatsächlich aussah. Jetzt beugte er sich über sie und sah sie mit den formlosen Höhlen seiner Augen an. Er griff mit seiner schwarzen, kalten Klaue durch ihre alte, welke Brust hindurch und packte ihr schwaches Herz. Der Tod war plötzlich in der alten Frau und um sie, er war in der Flüssigkeit, die man ihr eintrichterte, und auch in der Luft, die sie mit schwachen, kurzen Stößen in ihre flatternden Lungen pumpte. Er presste die Klaue um ihr Herz mit einem Mal ganz fest zusammen. Die messerscharfen Krallen bohrten sich durch das Gewebe und das Blut schoss heraus und waberte durch ihren ausgemergelten Körper, es quoll ihr zum Munde heraus und troff ihr aus den Nasenlöchern und den Augen und den Ohren. Und ein gewaltiger Schmerz rollte durch ihren Körper, tobte durch ihre Glieder, schoss wie Feuer in ihre Zehen und Fingerspitzen. Und dann riss die scheußliche Fratze des Todes mit einem Mal weit auf und es entstand ein gewaltiges Maul, gleich einer klaffenden, triefenden Wunde, und der Tod stülpte das Maul über den Kopf der alten Frau, und ...

Oh, du bist schon eingeschlafen. Das ging aber schnell.

Träum schön, Oma.

Soll ich dir die Augen schließen?

Undines Tränen

Weh! Was bracht in der Nacht des sechsten Juli – ich bitte
Öffne der Rührung dein Herz – das Wasser für gräulich Schaden.
Schon rückt näher die Zeit im Flug auf die Mitte der Nacht hin,
Dunkel war's ringsumher, da schwoll unheimlich der Gießbach
Ungeheuer in schwärzlicher Flut: Ein Mörder und Hasser
Tost er um jegliches Menschengebild in schrecklichem Sturme
Da erfasst das Münster, man hat's benannt nach der Eifel,
Todesfurcht zum Teil, und es wähnte sein Ende gekommen.

(Laurentius van der Wye,
aus dem Lateinischen von Karl Hürten)

Wie anders konnte ich, vom ersten Augenblick, in dem ich sie sah, als an eine Elfe denken, an ein feengleiches Wesen, zart und unschuldig, das nasse Haar in schwarzblau schimmernden Ornamenten über Schultern gemalt, über Rücken und Brust gebettet. Es war einer jener Anblicke, die niemals der Vergessenheit anheimfallen werden, ganz gleich wie mich auch das Alter strafen mag, denn es war einer jener Momente, die einem das Glück in der Brust pulsieren lassen. Zu sehen, wie ihr nackter Leib dem Wasser entstieg und sich in den Schatten eines Strauches stahl, um dort, scheinbar unbeobachtet, in die abgelegten Kleider zu schlüpfen, war etwas, das einem das gütige Schicksal nur selten zuteil werden lässt. Sie erschien mir ganz so wie Undine, die Nixenfrau, die ihrem Element entstieg, so wie es die Verse des Egenolf von Stauffenberg einst besangen.

Man sprach von ihr im Ort. Ich hatte Männer im Wirtshaus gehört, denen, wenn die Sprache auf sie kam, ein wollüstiger Glanz in die gelblichen Augen trat. Sie wussten allesamt nicht mehr von ihr zu sagen, als dass sie der Teufel in Weibsperson sein müsse, wenn sie so schön und reizvoll geschaffen war, dass einem die Sinne verwirrt wurden. Nur der Satan könne sich einen solchen Leib und ein solches Paar feuriger Augen ersinnen, um mit deren Hilfe die Sünde zu erwecken und die Lust zu nähren. Sie ereiferten sich geradezu, wenn sie jene junge Frau beschrieben, die stumm und ernst durch die Gassen der Münsterstadt wandelte.

In dunkles Tuch gehüllt ging sie, mit leisem Tritt und verschlossener Miene. Jede ihrer verhaltenen Gesten, jeder traurige Blick aus ihren schwarzen Augen strafte diese Männer Lügen, und ich ahnte, dass gerade ihre Unnahbarkeit es war, die sie anstachelte.

Ihre Weiber zerrissen sich auf ähnliche Weise das Maul. Es war ihnen ein Dorn im Auge, dass ihre Männer sich derart in Hitze redeten. Sie wetterten hinter ihr her, wenn sie den Marktplatz besuchte. Aber sie taten es nur dann, wenn keine Gefahr mehr bestand, dass sie es hören könnte, feige und tuschelnd. Was sollten sie ihr auch ins Gesicht schimpfen, hatte sie sich doch nie etwas zuschulden kommen lassen, außer ihrer schlechterdings überirdischen Schönheit. Die alten Weiber schlugen allzumal ein Kreuzzeichen und waren, gleich ihren Söhnen, geneigt den Beelzebub in ihr zu sehen. Nur nahmen sie es ernster und weniger lustvoll als die tollen Burschen.

Sie arbeitete in der Weißgerberei am Entenmarkt und lebte eben dort in einem kargen Zimmer des Gebäudes mit zwei anderen Mädchen, die auch nicht viel mehr über sie wussten als all die anderen.

Denn Undine schwieg. Nie hatte jemals ein Mensch ein Wort von ihr gehört, und so konnte niemand ahnen, woher sie kam und wie ihr wirklicher Name war, und auch wusste niemand zu sagen, was es war, das sie für immer hatte verstummen lassen. Die eine von ihnen, so hatte ich einmal mit angehört, vermutete, dass sie bereits früher, in der Zeit bevor es sie in unsere Stadt verschlagen hatte, einmal in einem ähnlichen Hause gewirkt haben mochte, denn ihre Finger führten die Ahle auf so gekonnte Art durch das feine Leder, dass es unmöglich auf bloßes Geschick zurückzuführen war. Sie hatte diesen Beruf erlernt. Nur wo und wann, das blieb eines ihrer Geheimnisse.

Meine Undine, wie ich sie seit unserer ersten Begegnung an jenem Sommertag vor der Stadtmauer am Weiher von Werthe, bei der ich im Verborgenen geblieben war, heimlich nannte, ging mir nicht mehr aus dem Kopf. Und es geschah von Zeit zu Zeit, dass ich unter einem Vorwand den Weg in die Gerberei suchte und sie betrachtete, wie sie da saß, mit ernstem Gesicht, den Blick in das Leder vertieft, das sich unter ihren flinken Fingern in einen Handschuh verwandelte.

Als Arzt des Herzogs Reinald, der sich, seit er zum Herzog von Jülich-Geldern aufgestiegen war, nur noch selten auf seiner Burg in der Münsterstadt in der Eifel aufhielt, war mir zumeist der Tag lang, und man möge es einem alten Manne verzeihen, dass ihm der Anblick einer wohlgestalten, jungen Frau so arg die Sinne zu verwirren vermochte. Mit dem wollüstigen Gerede der Wirtshaussäufer hatte meine Schwärmerei allein schon insofern nichts gemein, als dass mich mehr noch als ihr nacktes Fleisch das schweigende Geheimnis herausforderte, das sie umgab.

Es hatte der Juni des Jahres 1416 ein bitteres Opfer von uns gefordert, denn ein Unwetter, wie ich es nie zuvor in meinem Leben mit einer solchen Heftigkeit hatte niedergehen sehen, hatte die Stadt verheert und einige Häuser und Mauern eingerissen. Ein großer See, zu dem sich das Wasser des Erftbaches inmitten der Mauern angesammelt hatte, versickerte nur langsam, und die Menschen waren tagein und tagaus damit beschäftigt, die Dächer wieder zu decken und die Ruinen fortzuschaffen oder die herumliegenden Steine wieder zu neuen Mauern aufzurichten.

Erst der Markttag und ein heißer Sommertag vierzehn Tage später brachte die Illusion, dass es nun nicht mehr lange währen würde, bis dass das Leben wieder in einen ruhigen Fluss geraten konnte.

Ich schritt über den Marktplatz, so wie ich es gerne tat. Ohne einen Termin, der mich drückte, ohne drängende Zeit oder geschäftige Gedanken. Als die Sonne sich über dem lauten Treiben zwischen den Häusern ausbreitete, da bemerkte ich mit Freude im Herzen, dass die Menschen im Begriffe waren, die Unbilden der vergangenen Tage zu vergessen. Ich schlenderte zwischen den Ochsenkarren einher, betrachtete mit Vergnügen die Marktstände, die Bottiche, die Fässer, das Salz, das Getreide. Ich schickte den Blick über die Kisten und Wannen und über den Fisch. Über Heringe und Bücklinge, über die Rheinfische. Und ich sah, wie die Kaufleute die Hitze des Tages, die ihnen zu schaffen machte, mit einem Bier zu bezähmen versuchten, das sie mit gierigen Schlucken tranken.

Inmitten des geschäftigen Gewirrs und Gewimmels entdeckte ich meine Undine und sofort schien mir dieser ohnehin schon prachtvolle Tag vergoldet. Ich sah ihre schlanke Gestalt, die sich mit gemessenem Schritt ihren Weg zwischen den Ständen und Karren hindurchbahnte und ab und an innehielt.

Sie betrachtete die Auslagen mit Sorgfalt, und ich, der ich versuchte, mich an ihre Fersen zu heften ohne ein Aufsehen zu erregen, konnte dann und wann ihr herrliches Profil bestaunen.

An einem Stand mit prächtigen und kostbaren Stoffen blieb sie schließlich stehen und ich nutzte den günstigen Augenblick, den mir die um uns herum wogende Menschenmenge bot, um mich ihr vorsichtig zu nähern. Einem Mann im fortgeschrittenen Alter, wie ich einer war, möge man verzeihen, dass er diese unschuldige Gelegenheit beim Schopf packte und eine Berührung suchte. Jeder andere Mann würde in dieser Situation derber zu Werke gegangen sein, jeder andere hätte es, so bin ich mir sicher, darauf angelegt, seine Hände an lohnenswerter Stelle gegen ihren Körper zu pressen, aber ich beschied mich mit einer flüchtigen Berührung ihrer Finger. Wir streckten beide zur gleichen Zeit die Hand aus und griffen nach einem blassgrauen Ballen fein gewirkten Stoffs. Sie fuhr augenblicklich zurück und zog ihre kleine, wundgearbeitete Hand mit den Fingerkuppen, über die sich mit der Zeit eine harte Haut gelegt hatte, ganz fest an die Brust.

Ich verfluchte mich selbst in diesem Augenblick. Ein Zauber schien gebrochen, allein dadurch, dass ich mit dieser einen einzigen flüchtigen Berührung die Distanz überwunden, die uns getrennt hatte. Ich erinnere mich daran, dass ich etwas murmelte, etwas, das mein Bedauern kundtun sollte, etwas, das wenig sinnvoll klang und wirr.

Aber Undine, so wurde ich augenblicklich gewahr, schien von mir keinerlei Notiz zu nehmen, hatte den Blick starr an mir vorbeigerichtet. Ein Blick, der das blanke Entsetzen verriet und der ihre Augen in große, tiefschwarze Löcher verwandelte, durch die man geradewegs in ihre gepeinigte Seele blicken konnte.

Als ich den Kopf wandte, um irgendwo inmitten des Marktgewirrs dasjenige oder denjenigen auszumachen, der solchen Schrecken bei ihr bewirkte, da erblickte ich, drei Stände weiter, umringt von Lederballen, Schürzen und Schuhen, ein genaues Ebenbild jenes Schreckens. Der Mann, ein Händler, war Undines ansichtig geworden und hatte den Mund weit offen stehen, fassungslos und voller Erstaunen. Jedoch war es nicht die gleiche Art von Verwirrung, wie sie für gewöhnlich die Männer beim Anblick der rätselhaften Schönheit überfiel, sondern ein deutlicher Anflug des Wiedererkennens steckte in seinem Blick, aber auch ein unerklärliches Erschrecken.

Der Mann war Gerber und kam aus Aachen, soviel hatte ich durch Zufall mitangehört, während ich Zeuge war, als er zu Beginn des Markttags dem Marktmeister ein Paar ordentlicher Schuhe zum Geschenk machte, um einen guten Stellplatz zugewiesen zu bekommen. So war es ein übliches Verfahren mit den Händlern, die von auswärts in unsere Stadt kamen. Er war ein stattlicher Kerl mit prallem Wanst und ungebändigtem, rötlichem Schopf und Bart. An die vierzig Jahre mochte er zählen und seine Hände, die sich in diesem Augenblick um die Kanten seines Verkaufstisches krampften, waren grob und schwielig, wie das sein Beruf mit sich brachte.

Zu meiner Seite bemerkte ich Undine, die sich langsam tastend nach hinten entfernen wollte. Sie drückte ihren Körper durch den schier undurchdringlichen menschlichen Wall um sie herum, erntete Schimpfen und durchaus auch den ein oder anderen Stoß, aber unbeirrt wich sie weiter zurück und wandte den Blick für keinen Wimpernschlag von dem fremden Mann ab. Dieser streckte die Hand aus und ein eigentümlicher Klang entrang sich seiner Kehle.

Zuerst dachte ich, auch er sei mit Stummheit geschlagen, geradewegs wie meine schöne Wasserfrau, aber dann ließ er ein kehliges »Heda! Bleib stehen!« vernehmen, das alle herumfahren ließ. Er brüllte noch etwas wie »Haltet sie fest!«

und »So tu doch einer was!«, aber Undine war längst von der Menge verschluckt und niemand ahnte, wen er mit seinem Gebrüll gemeint haben konnte.

Am Nachmittag schoben sich Wolken vor das blaue Firmament und die Menschen, die noch vor wenigen Tagen so Bitteres erlebt hatten, blickten angstvoll gen Himmel und setzten angesichts der ersten Tropfen, die herunterprasselten, ernste Gesichter auf. Ein Unwetter, wie es noch zwei Wochen zuvor über die Eifellande hinweggetobt war, mochte sich so rasch nicht wiederholen, doch die Pfützen, die sich im Lehm bildeten, und das Tanzen der Tropfen auf der Oberfläche des noch längst nicht abgeflossenen Wassers in der Senke, weckten düstere Erinnerungen. Die Marktstände wurden eilends zusammengeräumt und es dauerte nur kurze Zeit, bis die Straßen verlassen im Regen dalagen. Ein gelbliches Zwielicht legte sich über die Stadt, so wie es sonst nur der nahende Schnee zusammenbraut.

Die Zeit war unaufhaltsam fortgeschritten, und am Abend, in der Einsamkeit meines Zimmers auf der Burg, wollte sich die gewünschte Erholung nicht einstellen. Das unablässige Trommeln der Regentropfen an meinen Fensterläden machte mich schier rasend, ging es doch mit einer Eintönigkeit vonstatten, die verriet, dass sich zu Füßen der Burg, inmitten des Mauerrings der Stadt, längst wieder solche Mengen von Wasser angesammelt haben mussten, dass Anlass zur Sorge bestand.

Meine Gedanken kreisten ohne Unterlass um die Geschehnisse des Tages und der Blick Undines hatte sich tief in mein Herz gegraben, wo sie selbst doch ohnehin schon ihren festen Platz innehatte. Doch eben dieser Blick erfüllte mich mit Schmerzen, trieb mich um. Beim Marktmeister hatte ich erfahren, dass der nämliche Kaufmann ein Herr Jakob aus Aachen sei, der zum ersten Mal den Markt unserer Stadt bereiste, und allmählich begann ich, mir einen Reim auf die nachmittägliche Begegnung zu machen.

Undine, dessen war ich mir nunmehr gewiss, war nicht stumm geboren. Als Arzt hatte ich von mancherlei Verstümmelungen gehört, die Menschen ihren Artgenossen zuzufügen pflegen. Und auch das Herausschneiden einer Zunge zum Zwecke der ewigen Verschwiegenheit war mir nicht unbekannt. Die abscheulichsten Dinge konnten damit für allezeit vertuscht werden, so dass sie nur noch Bestand hatten in der Erinnerung desjenigen, der sie beging, und desjenigen, der sie erlitt. Und der- oder diejenige, die sie durchlitten hatte, war allein mit ihrem furchtbaren Geheimnis, lief fortan mundtot durch unsere Welt. Was aber konnte nun alles geschehen, wo sie so unerwartet ihrem Peiniger von einst begegnet war, und er ihr? Welches Schicksal bestimmte es, dass ihre Wege sich hier erneut kreuzten, und was waren seine weiteren Pläne?

Und weil mich diese Gedanken nicht zur Ruhe kommen ließen, verspürte ich plötzlich das drängende Verlangen etwas zu tun. Und im selben Augenblick, in dem ich mich entschloss in die Stadt hinunterzugehen um noch in dieser Nacht Undines Geheimnis auf den Grund zu gehen und ihr möglicherweise meinen Schutz anzubieten, zerriss ein krachender Donner das eintönige Prasseln und Furcht fasste mich mit ihrer klammen Hand beim Nacken. Etwas sagte mir, dass keine weitere Zeit zu verlieren sei, und ich warf mir meinen Umhang über und trat hinaus in die Nacht.

Unsagbarer Schrecken erfasste mich nun, da ich der drohenden Katastrophe ansichtig wurde. In allen Senken und Rinnen stand das Wasser, bereit über den Rand zu quellen, und die fetten Regentropfen, die aus der Schwärze der Nacht herunterschossen, peitschten den aufgeweichten Boden, so dass der Schlamm in Tausenden und Abertausenden von kleinen Fontänen herumspritzte.

Zunächst erwog ich die Möglichkeit zurückzugehen, mich einzuschließen und bis zum Morgen auszuharren, aber ich wurde getrieben und stapfte durch das tosende Unwetter hinunter in die Stadt, in der längst alle Lichter verloschen waren.

Schliefen denn alle? Spürte niemand, dass hier eine Katastrophe heranwuchs, die noch schrecklicher zu werden schien, als das Hochwasser der letzten Wochen? Und in der Welt meiner wirren Gedanken sah ich sie plötzlich alle, die Menschen, die arglos in ihren Betten lagen, deren Keller sich unterdessen längst mit dem Wasser gefüllt hatten, dessen Strudel an den stützenden Pfeilern ihrer Häuser leckten, dessen taumelnde Wogen mit gierigen Fingern den Mörtel aus dem Mauerwerk fischten und die Steine lockerten. Und ich sah auch die Gesichter eben jener Leute, wie sie Undine hinterherzublicken pflegten – angeekelt, lüstern, gierig, hasserfüllt. Denn so viel war gewiss: Was mich in dieser Nacht aufwühlte, war nicht allein das Ungewitter. Und mit Erschrecken bemerkte ich in dem Moment, in dem ich die Brücke überschritt, die sich nur noch eine Handbreit über dem tobenden Erftbach wölbte, dass mir das bevorstehende Inferno wie eine Bestrafung für all die niederträchtigen Blicke und Sprüche erschien.

Im *Gasthaus zum Roten Hahn* flackerte noch ein einziges Licht im Fenster, was mich nicht weiter verwunderte. Als ich auf das Gebäude in der Kettengasse zusteuerte, trieb mir der Wind wahre Fontänen des Regens entgegen, doch tapfer kämpfte ich mich voran.

Als in diesem Moment die Tür aufgerissen wurde und eine Schar Männer, sieben an der Zahl mochten es sein, in die Dunkelheit hinaustrat, wollte ich schon auf sie zugehen und sie warnen, wollte die späten Zecher aufrütteln und sie veranlassen, die restlichen Bürger zu alarmieren. Wir hätten die Glocken der Kirche läuten können, hätten an jedes Tor hämmern und die Menschen aus ihrem beängstigend ruhigen Schlummer hochreißen können.

Aber in diesem Augenblick reichte jemand eine Fackel heraus, deren Flammen im Wind zuckten und deren Schein die geröteten Gesichter der Männer aufleuchten ließ. Sie beachteten den Regen kaum, was nicht weiter verwunderlich war, denn sie traten schwankend von einem Fuß auf den anderen, so dass der Dümmste erkennen konnte, dass sie die vielen zurückliegenden Stunden in einem fort durchzecht hatten. Der Alkohol vernebelte ihnen die Sinne und das Ungewitter über ihren Köpfen kümmerte sie nicht.

»Und nun voran!«, brüllte einer von ihnen wie ein kampfeslustiges Tier. Der Schein der Fackel ließ seinen Bart rotgolden auflodern. Es war kein anderer als der Kaufmann aus Aachen, in dessen Augen die blanke Mordlust aufblitzte.

»Wohin?«, schrie ich gegen das Rauschen des Regens an. »Was wollt ihr tun?«

Einer, den ich als den durchaus ehrbaren Inhaber der Weißgerberei erkannte, in dessen Haus Undine lebte und arbeitete, packte mich grob bei der Schulter und hüllte mich in eine Wolke üblen Atems. »Ich habe ihr ein Heim geboten ... dieser Metze! Sie hat den Kaufmann bestohlen. Heute am helllichten Tage, an seinem Stand!« Dann schüttelte er mich. »Komm mit! Wir werden ihr zeigen, dass in unserer Stadt kein Platz für solches Gesindel ist.«

»Er lügt!«, schrie ich so laut ich konnte. Ich war nicht mehr jung, hatte nicht Kraft genug sie zurückzuhalten und die dreisten Lügen des fremden Kaufmannes zu entlarven, und ich hätte es doch so gerne getan! Welch perfider Plan! Der Fremde, der Peiniger, der plötzlich aus Undines früherem Leben wieder aufgetaucht war, machte sich die Bewohner unserer Stadt zu Komplizen, um seine Gräueltaten von einst zu verbergen.

»Er lügt!«, schrie ich erneut, aber ein Blitz fuhr durch die Nacht und fast augenblicklich legte sich dröhnender Donner über meine Rufe.

Der Gerber versetzte mir einen Stoß, der mich zurücktaumeln ließ und gegen die Hauswand schleuderte. Mein Kopf schlug gegen einen Balken und meine Knie gaben unter mir nach. Bevor mich mein Bewusstsein verließ, sah ich noch durch den Schleier des Regens die wankenden Gestalten, die sich im Schein ihrer Fackel fortbewegten. Sie grölten durch die Nacht und nichts und niemand war zugegen, sie in ihrem Tun aufzuhalten.

Als ich wieder zu mir kam, umspülte mich das Wasser, das mittlerweile knöcheltief die abschüssige Straße hinunterrann. Wie lange ich so gelegen hatte, vermochte ich nicht zu sagen. Meine Glieder schmerzten und in meinem Schädel steckte eine Pein, als habe man einen Pflock von der einen Seite zur anderen hindurchgebohrt.

Während ich mich mühsam aufrappelte, kreisten meine Gedanken um die Wassermassen, die sich mehr und mehr ausbreiteten. Mittlerweile hörte ich vereinzelte Menschenstimmen. Es gab auch Häuser, in denen Lichter entzündet worden waren, aber angesichts der Tatsache, dass mittlerweile hölzerne Bretter und entwurzelte Sträucher im Strudel an mir vorbeigetrieben wurden, befürchtete ich, dass bereits alles zu spät sei.

Im Süden der Stadt hatte seit Tagen das angestaute Wasser der Erft vor den Mauern der Stadt gestanden. Wenn diese Massen nun durch den neuerlichen Regen angeschwollen waren, wie ich es vermutete, konnte es nicht lange dauern, bis sie sich Bahn brachen, einen Durchschlupf fanden, und dann würde sich eine Springflut über unsere Stadt ergießen, wie man sie sich in den schlimmsten Albträumen nicht vorzustellen vermochte.

Und wieder kam mir Undine in den Sinn und das Element, dem sie entstiegen, in dem Moment, in dem ich ihrer zum ersten Mal ansichtig geworden war.

Und ich begann zu laufen. Ich rutschte ein ums andere Mal auf dem wabernden, nassschwarzen Untergrund aus und konnte von Glück sagen, dass ich die Gerberei erreichte, ohne dass mir alle Knochen im Leibe zerbrochen waren.

Was ich nun erblickte, ließ mit das Blut in den Adern zu Eis gefrieren!

Fünf Männer waren es nur noch, die in der Mitte der kleinen Brücke, nur einen Steinwurf vom Flüsschen entfernt, versammelt waren. Wo die anderen beiden geblieben waren, vermochte ich nicht zu sagen. Längst war da keine Fackel mehr, die ihr gräuliches Tun beleuchte, und doch erkannte ich im grellen Licht eines niederzuckenden Blitzes, wie sich in ihrer Mitte die halb entblößte Frau wand, stumm und gepeinigt, an Händen und Beinen festgehalten, das nasse Haar in wilden Wirbeln um sich peitschend. Ich hörte das Lachen und Grölen der Männer und ich sah den Triumph in den Augen des Fremden, der nahe daran war, seinen Frevel von einst nun für immer in den Orkus des Vergessens zu schicken.

Ich zögerte keinen Augenblick und ließ mich von dem Schmerz und der Gewissheit treiben, dass ich bereits viel zu lange gezaudert hatte. Wenn noch irgendjemand auf dieser Welt war, der diesem Geschöpf zur Hilfe eilen konnte, dann war ich es.

Die Männer wandten sich in Verwunderung zu mir um, als ich mich mit einem bestialischen Schrei auf sie stürzte. Einer von ihnen verlor das Gleichgewicht und stürzte rücklings in die Fluten. Sein Schreien erstarb, als sich die Wassermassen augenblicklich über ihn warfen und mit ihrer Schwärze zudeckten.

Erneut malte ein Blitz bizarre Schatten in die Gesichter der Männer und mit einem Mal ertönte ein knirschendes Geräusch. Es handelte sich hierbei aber nicht um den Donner, wie man vermuten mochte, sondern vielmehr um das Gemäuer der Ufereinfassung, das einzelne Steinbrocken freigab und somit den Wassermassen erlaubte, sich ungehindert und kraftvoll über seine Fundamente herzumachen.

Die Brüstung des Brückleins sackte im selben Augenblick zusammen, in dem ich die Hand der stummen Schönen zu fassen bekam. Während die anderen Männer sich nur noch verwundert umblickten und in ihrer Umnebelung gar nicht erkannten, was plötzlich mit ihnen geschah, machte ich, so es mir meine alten Knochen eben erlaubten, einen gewaltigen Satz nach vorne und rettete mich und Undine auf ein noch festes Stück der Uferbefestigung.

Über meine Schulter hinweg konnte ich schemenhaft die Trunkenbolde erkennen, die die Arme in die Luft warfen und schrien, und in dem Augenblick, in dem ihnen die grausige Wahrheit bewusst wurde, gleichsam feststellten, dass jede Hilfe zu spät kam und sie unrettbar verloren waren, dass die Brücke, auf der sie standen, in den Wellen zerbarst und in die Tiefe gerissen wurde.

Ich hastete vorwärts, hatte nur den einen rettenden Weg in meinen Gedanken, den Weg hinauf in den Schutz der Burg. Ich spürte Undines kalte Hand in der meinen und vernahm ihr atemloses Keuchen, aber ich erlaubte uns keine Pause, denn diese hätte unweigerlich unser beider Tod bedeutet.

Als ich mich ein letztes Mal umsah, sah ich die zappelnden Gestalten, die die Flut gegen die Gitter der Schosspforte presste. Niemand hatte daran gedacht, die Schosspforte zu öffnen! Das Schicksal der Stadt schien besiegelt. Die Fallgitter des Turmes, der sich über dem Fluss erhob, sollten sonst unerwünschten Eindringlingen den Zugang zur Stadt über den Wasserweg verwehren, doch in diesem Fall erlaubten sie nichts und niemandem den Weg hinaus, den erlösenden Abfluss durch die Stadtmauer nach außen. Strohballen, Kisten, Äste trieb der Strom gegen die Gitter und die Körper der schreienden Männer, und während wir vorantaumelten und ich mich zwang, meinen Blick von dem schrecklichen Geschehen zu lösen, wusste ich, was folgen würde. Bald würde Hausrat angetrieben werden, Tierkadaver und Ochsenkarren. Die Männer würden nicht mehr lange leben, und nun, da der einzige Abfluss verstopft war, würden ihnen viele Menschen in das nasse Grab folgen.

Als wir die Anhöhe erreicht hatten, erlaubte ich uns ein kurzes Innehalten, um Undine meinen Umhang über die nackten Schultern zu legen. Voller Erschöpfung barg sie ihr Gesicht an meiner Schulter. Ihr Körper wurde geschüttelt, als sie heftig keuchte und um Luft rang.

Durch den Fächer der Bäume konnte ich sehen, wie sich unter uns mit mächtigem Tosen eine gewaltige Walze aus nachtschwarzem Wasser ihren Weg durch die Stadt bahnte und alles – Mauern, Menschen, Tiere, ja, ganze Häuser – mit sich riss. Es gab nun nichts mehr, das der Stadt noch helfen konnte.

Undine weinte in meinem Arm noch sehr, sehr lange.

Er umspült und verschlingt die Stadt mit schmerzreicher Gewalt.
Straßen, Häuser, Mauern, Brücken und hartes Felsgestein
brach er, raubte, zerschmetterte und führte es mit sich hinweg
Er zog durch die heiligen Stätten des Gotteshauses, die er
überströmte. Die Erde zerfurchte er, die Gräber legte er frei.
Großartige feste Bauwerke ließ er einstürzen.
O Weh! Wie schöne großartige Güter, wie glänzende,
O Weh! Wie viele Güter, wie viele Schätze, die Werte verkörpern.
O Weh! Wie viele und ach wie große Besitzungen, wie große Schätze
Sind dort versunken, hier und da in schlimmer Art weggetrieben.
Aber dennoch diese Dinge bedeuten nichts im Vergleich zu dem
Schmerz, den der Tod dem Menschengeschlechte brachte.
Siehe! Schmerzhaftes ist geschehen, was allen beschwerlich sein
muss, die auf Christus vertrauen. Wehe darüber

(Laurentius van der Wye,
aus dem Lateinischen von Wolfgang Herborn)

Quellen

Die Metzgerin, *Erstveröffentlichung*

Cup H, *aus »Mords-Gelüste«, Scherz, München, 2003*

Auf den Zahn gefühlt, *Erstveröffentlichung*

Dichter Nebel,
aus »Frühling, Sommer, Herbst und Tod«, Grenz-Echo, Eupen, 2003

Abbruch einer Geschäftsbeziehung,
aus »Die vielen Tode des Herrn S.«, Emons, Köln, 2002

Die Sache mit Paule,
aus »Lexikon der Kriminalliteratur«-Sonderbeilage, Corian, 2003

Mit Wampe durch die kalte Winternacht,
aus »Kölner Stadt-Anzeiger«, 2002

Sonderturnen, *aus »Sport ist Mord«, Scherz, München, 2002*

Rutschpartie, *aus »Kölner Stadt-Anzeiger«, 1999*

Im elften Stock mit Friedhelm Tröbel,
aus »Mörderische Mitarbeiter«, Scherz, München, 2003

Lutz und Henning gehen schwimmen, *Erstveröffentlichung*

Bruno, *Erstveröffentlichung*

Des Sammlers stille Freude, *Erstveröffentlichung*

Gute Nacht, Oma, *Erstveröffentlichung*

Undines Tränen,
aus »Ein Schnitter namens Tod«, Grenz-Echo, Eupen, 2002

KBV-KRIMI

Ralf Kramp

Tief unterm Laub

KBV-Krimi Nr. 11
Taschenbuch, 256 Seiten
ISBN 3-934638-11-2

Ein alter Mann wird überfahren. Nur ein Unfall? Einige Zeit später kommt sein ehemaliger Zivi beim Sturz aus dem Fenster seiner Dachwohnung ums Leben. Selbstmord? Laurentius Bock, Besitzer eines kleinen Copy-Shops, wird unfreiwillig in den rätselhaften Fall hineingezogen. Zusammen mit Lindy, der Freundin des jungen Mannes, versucht er, die Hintergründe der seltsamen Geschehnisse aufzudecken. Die Spur führt in die Eifel, doch auch hier ist die Welt nicht mehr in Ordnung, und das schon seit vielen, vielen Jahren.

»... Wirklich gelungen ... Brillant ... Sehr gut!« (Jacques Berndorf)

»Kramps brillanter Krimi fesselt bis zur letzten Seite.« (Das neue Buch / Buchprofile)

Ralf Kramp

Der neunte Tod

KBV-Krimi Nr. 44
Taschenbuch, 256 Seiten
ISBN 3-934638-44-9

Herbie Feldmanns dritter Fall. Er hütet das protzige Haus seiner Tante, und sein ständiger Begleiter Julius ahnt bereits Böses, als Herbie in jener kalten Winternacht einem Obdachlosen Asyl gewährt. Und er behält Recht. Tante Hettis Kostbarkeiten werden bei Nacht und Nebel gestohlen, und Herbie hat seine liebe Mühe, die teuren Stücke wiederzubeschaffen. Das kann er nur, wenn er den Landstreicher auftreibt. Der nennt sich »Mikesch«, wie der Kater, und glaubt, ebenso wie der, neun Leben zu haben und auch neun Tode. Und ganz plötzlich, auf schreckliche Weise, kommt schließlich auch der neunte ...

»... der lokale Meister des schwarzen Humors.« (Kölner Stadt-Anzeiger)

Ralf Kramp

Still und starr

KBV-Krimi Nr. 51
Taschenbuch, 185 Seiten
ISBN 3-934638-51-1

Marcus Mathei kehrt zurück. Aus seiner gescheiterten Ehe heraus flüchtet er in ein kleines Nest in der Eifel, kehrt zurück an die Stätte seiner Jugend. Dort sucht er Ablenkung vom drohenden Scheidungsdesaster, Erholung von der Stadt und Ruhe von seinem nervenaufreibenden Job in der Werbeagentur, der auf der Kippe steht.
Doch als er in das Dorf zurückkehrt, in dem sich sein Vater, der Dorfarzt, vor Jahren das Leben nahm, wird es nicht nur eine Reise in seine eigene Jugend auf dem Land.
Alles deutet darauf hin, dass mit seiner Rückkehr auch der Tod Einzug in das Dorf hält. Die übel zugerichtete Leiche eines Bahnarbeiters wird gefunden, und es sieht ganz so aus, als würde dies nicht der einzige Tote bleiben.

KBV-KRIMI

Jürgen Raap

Ein Koffer aus Bern

KBV-Krimi Nr. 107
Taschenbuch, 288 Seiten
ISBN 3-937001-02-6

Was befindet sich in dem Koffer, den der verkrachte Kölner Detektiv Karl-Josef Bär aus der Schweiz abholen soll? Sein Auftraggeber, der Geheimdienstler Schröder, behauptet, es sei Geld - viel Geld. Möglicherweise sind es aber auch irgendwelche brisanten Papiere. Wie immer wird Detektiv Bär nicht schlau aus dem Mann vom MAD. Als er den Koffer bei einem gewissen Dr. Kaspereit in Köln abliefern will, stößt er dort auf dessen Leiche. Von nun an wird die Luft für Bär ziemlich dünn, denn nicht nur die Witwe des Toten, sondern auch sein Bruder beginnen, nach dem ominösen Geldkoffer zu suchen. Und schließlich heften sich auch zwei Männer des russischen Militärgeheimdienstes an seine Fersen.

»Witzig, kritisch, ironisch. Raap nimmt alle Krimi-Klischees aufs Korn.«
(Bild)

Carola Clasen

Das Fenster zum Zoo

KBV-Krimi Nr. 96
Taschenbuch, 201 Seiten
ISBN 3-934638-83-X

Als der Kölner Zoo am Morgen seine Pforten öffnet, hat die vergangene Nacht grausige Spuren hinterlassen: Im Käfig des Grizzly liegt die zerfetzte Leiche eines jungen Mannes. Der verstümmelte Körper gehört Ben Krämer, einem Fotografen, der im Zoo auf Tippvisite war.

Ist er aus Unachtsamkeit in die Fänge des Bären geraten?

Die Tierpflegerin Nelly Luxem scheint etwas zu verbergen zu haben, und der frisch pensionierte Kommissar und Zooliebhaber Lorenz Muschalik versucht ganz behutsam hinter ihr dunkles Geheimnis zu dringen.

»Carola Clasen versteht es, mit den klassischen Versatzstücken des Kriminal- und Schauerromans zu spielen.«

(Kölner Stadt-Anzeiger)

Ralf Kramp

Malerische Morde

KBV-Krimi Nr. 100
Taschenbuch, 206 Seiten
ISBN 3-934638-57-7

Die Maare sind die »Augen der Eifel« – geheimnisvolle runde Kraterseen, um die sich Sagen und Legenden ranken. Zwei Leichen stören eines Tages das Idyll: Ein alter Maler und sein junges Modell werden am Ufer gefunden, und ausgerechnet Herbies Freund Köbes wird des Mordes verdächtigt.

Nach zwei Jahren kehrt Herbie Feldmann in die Eifel zurück, und auch sein unvermeidlicher Schatten Julius ist wieder da. Gemeinsam machen sie sich auf die Suche nach dem wahren Täter. Dabei decken sie Machenschaften einiger Maler, Fälscher und Sammler auf, die vielleicht besser im Verborgenen geblieben wären.

»Schwarzer Humor und Fabuliergabe.«

(Trierischer Volksfreund)

KBV-KRIMI

Olov Svedelid

Hassels Hölle

KBV-Krimi Nr. 119
Taschenbuch, 380 Seiten
ISBN 3-937001-35-2

Roland Hassel von der Stockholmer Polizei träumt von einem Karrieresprung. Daher akzeptiert er es sogar, zwischendurch für Interpol den Laufburschen zu spielen. Er soll von einem Schweden, der in Nigeria gearbeitet hat, Informationen übernehmen. Doch dieser Bengt Ölund wird ermordet; das Beweismaterial verschwindet. Offenbar ist der Fall brisanter als es den Anschein hatte. Hassel macht sich auf den Weg nach Lagos – und landet in der Hölle!

Wieder legt Olov Svedelid einen Thriller von internationalem Niveau vor. Weltweit sterben Jahr für Jahr Tausende von Menschen, weil sie mit überlagerten oder gefälschten, wirkungslosen Medikamenten behandelt werden. Wer hinter dem lukrativen Handel mit Markenwaren steckt – Roland Hassel findet es schließlich heraus.

Susanne Amtsberg

Irrwasser

KBV-Krimi Nr. 115
Taschenbuch, 288 Seiten
ISBN 3-937001-33-6

Die Journalistin Toni Smerell taucht im vergessenen Gebirgsort Tiefenbach kopfüber in einen der letzten Mythen unserer Zeit. Sie soll das Geheimnis vom »Wolkenfänger« ergründen, während verheerende Regenfälle den Ort ins Tal zu reißen drohen. Im Auftrag des Zeitmagazins *Now* soll sie den Wissenschaftler Prof. Dr. Steffen Tropper aufspüren – einen modernen Regenmacher, der sich hier angeblich versteckt hält. Bald weicht der Regen ihr auf Taschenformat zurechtgestutztes Leben auf. Was tun, wenn unsere Wirklichkeit zu einem grandiosen Fake verkommt, wenn einem ganzen Dorf ein Mord als die billige Lösung erscheint? Gemeinsam mit dem Feuerwehrmann Mark entdeckt Toni jenes Lebenselixier, das so manche Gesetzmäßigkeit seiner Spezies verneint: das Wasser.

Mathias Christiansen

Die dünne Linie

KBV-Krimi Nr. 116
Taschenbuch, 212 Seiten
ISBN 3-937001-37-9

Es ist ein schwarzer Tag für Justitia, als einer ihrer treuesten Diener, der Staatsanwalt Drigalsky, im Kriminalgericht Moabit gefunden wird – in einer Lache seines eigenen Bluts, erschlagen und seiner Zunge beraubt. Der Berliner Kriminalhauptkommissar Werner Brodersen leitet die Ermittlungen und staunt nicht schlecht, als man in der Wohnung des Ermordeten ein ganzes Waffenarsenal findet – und dubiose Hinweise auf eine Raketenabschussbasis. Führte der angesehene Staatsanwalt ein Doppelleben zwischen Rechtsprechung und Kriminalität? Als wenige Tage nach dem Mord in einer Berliner Postwurfsendung die abgetrennte Zunge des Staatsanwalts gefunden wird, dämmert dem Kommissar, dass hier noch in ganz anderer Richtung gesucht werden muss ...

KBV-KRIMI

Klaus Wanninger

Schwaben-Zorn

KBV-Krimi Nr. 113
Taschenbuch, 304 Seiten
ISBN 3-937001-31-x

Mitten im beschaulichen schwäbischen Städtchen Waiblingen wird die übel zugerichtete Leiche einer jungen Frau gefunden. Kommissar Steffen Braig und seine Kollegin Katrin Neundorf finden schnell heraus, dass Christina Bangler von ihren Eltern verstoßen wurde, weil sie deren fundamentalistisch-frommen Lebensstil nicht länger ertragen wollte. Der Verdacht fällt dann auch sehr rasch auf den bigotten Adoptivvater der Toten, der seiner Tochter nicht einmal nach ihrem Tod verzeihen will. Aber ins Blickfeld der Ermittler gerät auch der Hobby-Astronom Markus Böhmer, mit dem das Opfer häufig den nächtlichen Sternenhimmel betrachtet hat. Und eben dieser Böhmer ist bereits einschlägig vorbestraft …

Andreas Westphal

Kieler Sprotten

KBV-Krimi Nr. 114
Taschenbuch, 248 Seiten
ISBN 3-937001-32-8

Als man den Restaurantkritiker Rainer Franzen eines Tages tot in seinem Haus auffindet, mit dem Gesicht in einem Teller Hummersuppe, geht alle Welt davon aus, dass der schwergewichtige Gourmet mit dem schwachen Herzen seine Leidenschaft fürs Essen letztlich mit dem Leben bezahlt hat. Bloß Hauptkommissar Winfried Niebling von der Kieler Kripo ahnt, dass mehr hinter der Sache steckt, als es auf den ersten Blick scheint. Spätestens als die kulinarische Laufbahn eines berühmten Sternekochs im Kühlraum seines eigenen Lokals ein höchst unrühmliches Ende findet, ist er davon überzeugt, einer heimtückischen Verschwörung auf der Spur zu sein, die die Welt der Haute Cuisine in ihren Grundfesten erschüttern könnte. Dumm nur, dass nicht einmal der Zeitungsreporter Schnubbe dem trinkfesten Kommissar glaubt …

Jürgen Siegmann

Nierenpoker

KBV-Krimi Nr. 117
Taschenbuch, 272 Seiten
ISBN 3-937001-36-0

Im St. Josef-Krankenhaus in Barmbek wird der renommierteste Arzt des Hauses, Professor Hohenfeld, tot aufgefunden. Ein Fall für Kommissar Schmitz, dessen Freundin Tessa zur Zeit in eben jenem Krankenhaus liegt. Schnell gerät Schmitz in Stress. Eigentlich würde er gerne seine neue Wohnung renovieren, denn momentan schläft er auf einer Baustelle ohne Strom und heißes Wasser. Aber sein neuer Vorgesetzter, mit dem ihn eine tiefe gegenseitige Abneigung verbindet, will schnelle Ergebnisse, weil ihm die Presse im Nacken sitzt. Schmitz ermittelt, unterstützt von seinem schrulligen Assistenten Sand, in verschiedene Richtungen, und die Liste der Verdächtigen wächst rasch an. Ist der Täter im beruflichen Umfeld des Professors zu suchen, oder liegt das Motiv im privaten Bereich des Toten, der zahlreiche Affären hatte?

KBV-KRIMI

F. G. Klimmek

Schnee von gestern

KBV-Krimi Nr. 123
Taschenbuch, 384 Seiten
ISBN 3-937001-13-1

Kein Geld der Welt garantiert das ewige Leben. Deshalb müssen irgendwann sogar Millionäre sterben. Weil dies aber bei drei Kameraden auf besonders brutale Art geschieht, zittern die greisen Mitglieder des exklusiven holländischen Yachtclubs nicht nur aus Altersgründen. Abhilfe soll Karl-Heinz Schmidt schaffen, der Frührentner aus dem Ruhrpott, mit dem dicken Bauch und den dünnen Haaren. Selber eingebettet in Wohlstand und die dazugehörige Langeweile, geht Schmidt mit wenig Begeisterung an die Sache heran, denn er hält die Morde für die Taten individueller Geschäftskonkurrenten. Doch dann findet er heraus, dass alles bereits im Sommer '44 in einem deutschen Konzentrationslager begonnen hat und die Toten nur Teile einer Mordserie ungeahnten Ausmaßes sind.

Anke Ahle

Pole Position

KBV-Krimi Nr. 125
Taschenbuch, 288 Seiten
ISBN 3-937001-15-8

Die Fachwelt ist überrascht, dass der völlig unbekannte Formel-Eins-Pilot Jean-Luc Dalesasse einen Vertrag beim Top Team Williams bekommt. Mit seiner unkonventionellen Art und mit spektakulären Fahrten am Limit wird er schnell zum Shooting Star der Saison. Er ist auf bestem Wege, beim Kampf um den WM-Titel dem Konkurrenten Ferrari davonzufahren, als ein Testfahrer tödlich verunglückt. War es wirklich ein Unfall? Eigentlich sollte Jean-Luc an diesem Tag im Cockpit gesessen haben. Er wittert Sabotage und Mordabsichten. Plötzlich kämpft er nicht mehr nur um den Titel, sondern um sein eigenes Leben. Ein Skandal aus der Vergangenheit wirft seine Schatten auf die Gegenwart: Als er erkennt, um was es eigentlich geht, scheint die Pole Position schon verloren ...

Jacques Berndorf (Hg.)

Mords-Eifel

KBV-Krimi Nr. 124
Taschenbuch, 192 Seiten
ISBN 3-937001-14-x

Jacques Berndorf hat die Eifel berühmt gemacht. Die Auflagen seiner Kriminalromane aus dieser Landschaft im Wilden Westen Deutschlands erreichen Millionenhöhe. Seine Titel wie »Eifel-Wasser« oder »Eifel-Liebe« erklimmen regelmäßig die Bestsellerlisten.

In diesem KBV-Sammelband hat der Erfinder des »Eifelkrimis« seine schwarzen Schafe um sich versammelt: Carola Clasen, Ralf Kramp, Gisbert Haefs, Carsten-Sebastian Henn und viele andere haben ihre literarischen Leichen in eine raue Landschaft gelegt, die tatsächlich wie geschaffen scheint für Kriminalgeschichten aller Art. In knapp zwanzig mörderischen Eifel-Kurzkrimis bieten Berndorf & Co. spannendste Unterhaltung.